天使は奇跡を希う

你，還記得我嗎？

七月隆文
ななつき たかふみ

目次

序章

我的班上有一名天使。

這並不是形容她長得像天使一樣可愛，她是如假包換的真正天使。

星月優花這個名字聽起來有點像藝人，雖然本人有點輸給這個名字，但真的很可愛，豐富的表情很迷人，她的笑容有一種好像綻放出光芒的華麗——

她的背上有一對大大的白色翅膀。

「天使絕對只是幻想啦！」

她在說這句話時，啪沙啪沙拍著背上的翅膀。

我只能咬緊牙關，克制想要吐槽她的衝動。

而且她這句話是在吐槽自己前一刻說的「啊？誰說我是天使……？」這種無厘頭的自戀發言，所以要罪加一等。

但是，正在和她聊天的那些女生只是笑笑而已。

因為她們看不到她身上的翅膀。

只有我能夠看到。

之前已經證明，這並不是我的幻覺。

「但因為我像天使一樣可愛，搞不好我真的是天使？因為我是優花啊！」

哎嘿！她故意裝可愛地笑起來，其他人都啞然失笑地說著：「是啊是啊」，結果她的翅膀擺動——打到了後方課桌上的鉛筆盒。

嘩啦一聲。鉛筆盒被打落在地，裡面的筆發出摩擦擠壓的聲音。

這個聲音在教室內顯得有點異樣，所有人都立刻看了過去。

有幾個人露出緊張的表情。那是看到撞擊瞬間的同學。用一句話來說，那就是露出了「目擊了詭異現象的眼神」。

比方說，鉛筆盒無緣無故地飛起來——的詭異現象。

沒錯，她的翅膀會撞到東西，也會引起風，所以的的確確就長在她的背上。只不過只有我能夠看到。

大家看著鉛筆盒陷入沉默的剎那，她突然用誇張的動作東張西望，故意裝傻說：

「有風嗎？還是天使的惡作劇……？」

其他人輕聲笑了起來，氣氛緩和了下來。她的領袖特質綻放出光芒，大家都忍不住被她吸引。但是……

——天使的惡作劇？妳少裝了！

只有我一個人為了克制想要吐槽她的衝動痛苦不已。

——妳不就是天使嗎！！

我很想鼓起勇氣這麼對她說。

自從她轉學到我們班上之後，就一直這樣，我每次都必須移開視線，拚命克制衝動。

好不容易克制了衝動，轉頭看向前方——

我發現她正看著我。

她被一群女生包圍，從人群的縫隙中悄悄看著我。雖然看似不經意，但的確充滿了好奇。

沒錯。我和她有時候會這樣眼神交會。

我覺得這一點可能不太妙。

第一章

好像有神明存在

1

五天前，第二學期開學的第一天，星月轉學愛媛縣今治市第一高中這所學校。

我無法忘記她轉學來班上的這一天。

『我叫星月優花，請各位同學多指教！請大家叫我優花！』

看到有一對白色翅膀的女生滿面笑容站在黑板前時，我還以為她在玩角色扮演，所以忍不住噗哧一聲笑了起來，然後觀察了其他同學的反應，以為他們臉上也會露出困惑的表情。

……那是突然覺得自己在這個世界上很孤獨的瞬間。

其他同學都看不到。

我向其他同學和老師試探之後感到極度不安，以為自己腦筋出了問題，以為自己像之前電影中看到的數學家一樣產生了幻覺，完全聽不到老師上課在說什麼，因為壓力太大，身體失去了感覺。

但是，那天中午休息時，從後面走過來的女生撞到了星月的翅膀。

那個女生大驚失色，嚷嚷著那裡有什麼東西。

雖然這件事最後不了了之，但看到星月掩飾的態度，我……感到超安心。

但是，只有我能看到這件事太匪夷所思，還是讓我感到心神不寧。

雖然我不知道為什麼有翅膀的女生——應該是天使——隱瞞真實身分，來到今治的高中讀書，但反正我決定「假裝沒發現」。

因為其他人都看不見，她也以為別人看不到，每天來學校上課，我這麼做當然是最佳選擇。和這種超越日常範圍的人有什麼牽扯，完全無法預料會有什麼後果。雖然我並不是沒有好奇心，但內心的不安更強烈。

所以我視而不見。我什麼都沒看到，她每天都很開心，我也安然無事。這樣最理想。

誰知道她竟然經常用自己是天使這件事自我調侃，好像在等別人吐槽她，對我造成了很大的折磨。

「俾斯麥推行的鐵血政策……」

歷史課上正在教我最愛的世界史時，坐在旁邊的佐伯遞給我一封信。

佐伯用眼神看向前方，順著她的視線看過去，星月正對我露出笑容。

她那雙大眼睛故意用力眨了眨，好像在撒金粉似地散發出讓人渾身酥軟的可愛。

她的容貌在平均值以上，平時的一舉一動都很自戀，但仍然能夠成為班上最受歡迎的女生，就是因為她這種天生的可愛，和說出、做出「我超可愛」的言行之後，都會露出類似日本武術中所說的殘心、餘韻般的眼神，悄悄觀察周圍的反應，瞭解「有沒有惹別人生氣」。

「…………」

紙條是對折的便條紙，就是平時女生相互傳的那種普通的紙條。

我想要打開時，突然緊張起來。

她到底寫了什麼？雖然她假裝若無其事，會不會寫了很可怕的內容。像是——我發現只有你可以看到我的翅膀——諸如此類。

我屏住呼吸，慢慢……打開紙條。

你不覺得田中老師今天的皮膚超油？

連微笑都是一種罪過的天使♥

優花

我可能快撐不下去了。

2

放學後，我走去社團活動室。

九月初，陽光還很熾烈。

走進從校舍延伸出去的通道上，穿越學生會室所在的那棟建築物和食堂之間，就是有點像大雜院般的社團活動室大樓。

新聞社的活動室就在倒數第二個房間。

打開鑲了玻璃的鋁製拉門，比俗稱「鰻魚睡床」稍微大一點的細長形房間應該不到兩坪大。狹小的空間內放著辦公室用的鐵桌和鐵管椅，裡面有一張堆滿雜物的小木桌，和把鐵製鞋盒堆疊起來做成的收納架，裡面放著新聞社之前發行的冊子，各個時代的學長姊留下的食玩公仔等——簡而言之，就是一些破爛。換下來的圓形日光燈泡就直接丟在架子上。

我的社團活動選擇了新聞社。

因為家庭因素，我第二次從東京搬來今治，在今治第一高中迎接了開學典禮。

那一天，開學典禮結束後回到教室，所有人的桌子上都放了一本小冊子。

用釘書機釘起的宣紙小冊子封面上寫著『一高見聞錄』幾個字，是新聞社為新生製作的學校簡介。

裡面從在校生的角度，粗略介紹了食堂的菜單和老師的情況，以及學校周邊的用語集，內容很生動有趣。

我本身就喜歡閱讀，再加上喜歡寫文章，所以我對那本冊子和編寫這本冊子的新聞社產生了極大的興趣，隔天放學後，就去了社團辦公室。

而且我在那裡重逢了基於同樣理由來到社團室的成美。我們已經有五年沒見了。

我在小學三年級到四年級期間，在銀行任職的爸爸當時調到這裡，所以我們從東京搬來愛媛，曾經在今治住過兩年。

記得剛搬來這麼遙遠的地方時，我內心感到很不安，小學的同班同學溫暖地接納了我，我和成美，還有健吾成為好朋友，經常玩在一起。

我坐在鐵管椅上滑手機，門嘎啦一聲打開了。應該是成美來了。我抬起頭——

「咦？新海。」

站在那裡的是——

「星月……」

是有一對白色翅膀的星月優花。

「妳怎麼會來這裡……？」

「有沒有貓走進來這裡？」

她問我。食堂阿姨餵食的貓經常在這一帶打轉（我也是從見聞錄中得知是食堂阿姨在餵那隻貓）。

「沒有來啊。」

「是喔。」

星月打量著陰暗的社團活動室問：

「這裡是什麼地方？」

「新聞社的活動室。」

「原來你參加了新聞社。」

「嗯。」

「是喔。」

她一臉愉快地看向後方問：

「我可以參觀一下嗎？」

「好啊。」

星月輕手輕腳地走了進去。

噹。

她的翅膀卡到了門。

「呃！」

我立刻把頭轉開了。

「好痛！」

——不要叫痛！

這傢伙該不會是故意的吧！？

「新海，你怎麼了？你好像在發抖。」

「……沒事。」

我拚命克制著想要吐槽她的衝動。

「哇，這裡好窄。」

她一邊說著，一邊擠進桌子和牆壁之間。在社團活動室這麼小的空間，她的翅膀看起來特別大。

即使離她這麼近，也不會聞到什麼特別的味道，只是空氣好像有點變涼，或是變得有點乾淨，也許是因為她翅膀的白色看起來有點像爬山時看到的雲。

「啊，這個是那個吧，是打字機。」

星月拿起放在後方桌子上的一台老舊文字處理機。

「不，是文字處理機，是名叫書院的舊型。」

我聽學長姊說，那是初期型的文字處理機。

「有在用嗎？」

「沒有。」

「是喔。」

她把書院放回原來的位置，四處尋找著有沒有好玩的東西。

但這裡只有這種不知道從什麼時候開始就一直丟在這裡的遺留物品。

這時，我口袋裡的手機震動起來。

成美傳來訊息，說現在要過來活動室。

她其實不需要向我報告，但她就是這麼一板一臉。我回了她一個貼圖。

「新海！你看你看！」

聽到說話聲，我轉頭一看。

「天使的光環。」

星月把圓形的日光燈泡舉在頭頂上。

…………

「你以為降臨了嗎？你是不是以為天使降臨了？是不是？是不是？」

她很煩人地問我時，啪沙啪沙地拍著翅膀。

我的瀏海被她拍打翅膀引起的風吹了起來——我內心有什麼東西斷裂了。

「但是很可惜，星月只是太可愛的女生而已。現實生活中並沒有天使——」

「不是天使嗎？」

我終於忍不住了。

「妳不是天使嗎？妳有翅膀啊！就在背上！！」

我竟然說了！

我的聲音在木板圍起的社團活動室內響起，很快就消失了。

我隨即發現自己犯下了無可挽回的錯誤，從太陽穴到髮際處有點抽搐，噴出些許汗水。

星月的表情好像鮮花綻放。

「你可以看到！？」

昏暗的社團活動室內，她的雙眼發亮。

她拿著日光燈，啪答啪答跑到我面前，把差一點撞到牆壁的翅膀伸向背後。

「你可以看到我的翅膀，對不對！？」

「…………」

「我之前就有點猜到是這樣！」

她沒有聽我的回答，就一口氣說道，然後做出鬆了一口氣的動作。她看起來很高興。

這時，我察覺了她隱藏在話中很重要的言下之意。

我之前就猜到是這樣。她之前就懷疑我可以看到！

所以說——

「……所以，妳該不會是為了確認這件事，整天用天使的話題搞笑？」

星月被我這麼一問，微微繃緊嘴唇，然後看著我誇張地把嘴唇動來動去，做出搞笑的表情。

「哎嘿嘿。」她笑了起來，「優花是不可大意的女生。」

她用好像漫畫中角色般的語氣說完，伸手指著我說：

「我可是天使。」

「妳很煩欸。」

我忍不住吐槽她。

我對自己脫口而出的話感到有點驚訝。

星月竟然看起來很高興。

「……妳真的是天使嗎？」

「因為我是優花啊。」

「什麼意思啊。」

我又吐槽她了。

消除了緊張，事實明確擺在面前後，我內心立刻對眼前發生的不可思議狀況湧起了單純的好奇心。

「妳的翅膀……我可以靠近看一下嗎？」

「請便。」

她很乾脆地回答，然後轉身背對著我。

「…………」

那是白色、潔白色鳥類的翅膀。

就是很多地方畫的天使的翅膀，但沒有任何一種鳥類有這麼大的翅膀，所以仔細打量後，有一種奇妙的感覺。

而且這對翅膀長在人的背上。和制服的交接處更不可思議，看起來好像穿過了制服的布料。

「……我可以摸看看嗎？」

星月有點困惑地稍微傾斜身體後說：

「好啊。」

「謝謝……」

我有點緊張地伸出手，摸了……她的翅膀。

我以前曾經摸過一次鴿子的翅膀，當時摸到了好像隨時會折斷的纖細骨頭，和角質組成的銳利而富有功能性的羽毛。

星月的翅膀和鴿子翅膀的感覺完全不一樣。

那並不是那種生物學的明確質感，而是令人忍不住感到驚訝的不真實感覺。如果要形容的話，就像是「摸到的空氣」這種透明的觸感。

我和星月都默默無言，活動室內靜悄悄。

隔壁漫畫研究室裡的人應該很難想像一板之隔的這裡，正在發生這麼夢幻的事。

「新海，我有一件事想要拜託你。」

星月突然開了口。

我的手離開了她的翅膀，她緩緩轉過頭。

她露出沉思的眼神。

「……什麼事？」

在我問她這句話時，身後傳來了隱約的腳步聲。

回頭一看，門上的磨砂玻璃外有一個人影。——我剛這麼想，門就打開了。

是成美。

她像往常一樣綁著長長的馬尾，一對內雙的眼睛，和充分顯示出精明個性的臉，即使沒有生氣的時候，別人也會問她：「妳在生氣嗎？」

成美看到不是新聞社的星月在這裡，立刻露出困惑的表情。

「啊，村上，妳好。」

星月舉起手，做出好像敬禮的動作。

「村上，妳也是新聞社？」

「嗯，是啊……」

「是喔！」

星月說完，就繞過桌子，走向出口，來到成美身旁時，對她笑了笑說：

「打擾了。」

然後她用如果在網路上，會標上☆符號的姿態走了出去。

成美目送她離開後，把敞開的門關了起來。

她轉過頭，露出詢問的眼神。

「呃……」

我不可能告訴她剛才在做什麼，所以著急起來。慘了，她會誤會。

「──對了，她以為貓跑來這裡，所以追了進來，但其實貓並沒有來這裡。」

「是喔。」

成美拉了一張鐵管椅坐了下來。

她理所當然地坐在我的旁邊。

我和成美正在交往。

忘了和她是怎樣開始交往，八成是一起參加社團活動，就自然而然在一起了。

「下一期的社團報怎麼辦？」

成美立刻進入了正題，她從皮包裡拿出了Bourbon的巧克力小餅乾。

「你要嗎？」

「那給我一個。」

我拿了一塊小餅乾，成美也拿了一塊放進嘴裡。

「怎麼辦呢？」

我覺得好像很久都沒推出社團報了。

學生會定期發行校內報，我們社團推出的報紙不太一樣，除了不定期發行以外，內容也更自由輕鬆，有點像是免費的生活報。雖然我就是喜歡這一點。

「只有我們兩個人。」

沒錯。春天時，迎接我們入社的那個戴著黑框眼鏡、身材微胖的木中社長，和戴著一副銀框眼鏡的副社長都因為三年級要準備考大學而退出了社團。二年級的學長姊都呈幽靈狀態，所以目前實質上只剩下我和成美兩個人。

「但是再不推出恐怕真的不行了。」

「主題是……校園文化祭嗎？」

成美卡滋卡滋吃著餅乾提議。餅乾已經吃掉一半，她吃東西的速度真的很快。我看著她，但視線忍不住移向她隆起的胸部。

她的胸部在襯衫內側飽滿地隆起，勾勒出柔和的曲線。

這是男人的條件反射，想避也無法避開。在皮膚甚至可以感受到對方呼吸的近距離，難免會耳熱心跳。

每次意識到這件事，我就回想起中學時代在補習班轉身時，不小心撞到女生胸部時的感覺。雖然那次只是手肘輕輕碰到一下，但和我之前所知的任何柔軟感覺都不一樣，所以留下了深刻的印象。

我們才剛交往不久，所以目前沒有任何進展，但以後會有進一步的發展嗎？可以做這種事嗎？

「對了，咖啡。」

成美猛然站了起來，走向後方的收納架。

打開一個鞋盒，裡面有電熱水壺、紙杯和即溶咖啡和茶包，那是學長姊留下的少數不是破爛的遺產。

「良史，你要喝什麼？」

「啊……那我也要咖啡。」

成美開始準備咖啡。

如果被老師發現，當然會挨罵。

成美很有社團委員長的架勢，事實上她也的確是委員長，對規定之類的事很嚴格，但只有飲食問題是例外，她對自己的要求很寬鬆。

我看著她把寶特瓶中的水倒進電熱水壺，突然想到成美也許發現了我奇怪的幻想才會起身泡咖啡。我有這種感覺。

我陷入了自我厭惡。

「給你。」

「謝謝。」

我接過她遞給我的白色紙杯喝了一口。

躲在社團活動室偷偷喝學校禁止的即溶咖啡比原本的味道好喝好幾倍。

成美在我旁邊坐下來喝了一口，露出有點幸福的微笑。

原本沒有任何味道的社團活動室內瀰漫著成美泡的咖啡香味。

最後，我們沒有討論出任何結果就結束了。

和成美一起走進腳踏車停車場途中，看到棒球社正在操場上練球的身影。

我們學校的棒球隊是經常參加甲子園比賽的強隊，在一旁看他們練習，也覺得很有氣勢。練習防守的動作，和投向一壘的球速，讓人覺得他們根本和職棒選手沒什麼兩樣，和我以前讀那所學校的棒球隊水準簡直有著天壤之別。

剛才把球投向一壘的正是健吾。

他是一年級新生，就已經成為這個強隊的正式隊員，而且他是五官輪廓明顯的小帥哥。

有許多女生在操場周圍看他們練習，她們並不是球隊經理，而是球隊成員的女朋友或是球迷。剛進這所學校時，我曾經很驚訝，原來在全國比賽中名列前茅的強隊練球時，真的可以看到這種景象。

許多女生都露出熱情的眼神看著健吾。

健吾即使理了光頭也照樣帥，再加上個性很隨和，所以很受歡迎，只不過每次有女生向他表白，他都拒絕對方。

「練習很認真啊。」

「是啊。」

我和成美怔怔地看著他們說道。

這時，健吾發現了我們，揮了揮手，向我們打招呼。
結果馬上被教練發現，罵了他幾句。
他不管做什麼都很引人注意。

3

車站附近車道旁的麵包店就是成美的家。

「那我走了。」

「嗯，謝謝。——你等一下。」

成美說完，走進店裡，對正在櫃檯的媽媽說了什麼，接過紙袋，拿了兩個麵包放進去。我站在麵包店外，隔著玻璃，向視線交會的阿姨微微欠身打招呼。

「給你。」

成美走出來時，把紙袋遞給我。

「不用了啦。」

「沒關係，我跟媽媽說過了。」

「不好意思。」

成美很喜歡給我食物。是因為我和阿嬤一起住的關係嗎？

「那我走了。」

「嗯。」

我騎上腳踏車。

「放學啦。」

旁邊的阿姨向我打招呼。

這個阿姨是專賣今治毛巾的毛巾店老闆娘，我讀小學的時候，她經常包辦兒童會的活動，是這一帶的小孩子沒有人不認識她的名人阿姨。這個身材像洋酒桶的阿姨此刻也露出開朗的笑容。

「阿姨好。」

我也笑著打招呼後，用力踩著踏板。這裡的人都相互認識，今治這個地方至今仍然有這種氛圍。

很快就來到路口，遇到了紅燈。馬路上的車輛來來往往。

以前我以為四國沿海的城市，就像電影中看到的那種只有「大海和島嶼，還有沒什麼學生的木造校舍」的地方，沒想到今治是普通的地方都市。

這裡的道路很寬敞，城市整體有一種開闊的感覺，相隔多年再次來到車站時，因為和之前住的地方空間感覺完全不同，整個人有一種輕飄飄的感覺。雖然和東京不一樣，但和台場、豐洲一樣，有一種沿海城市特有的緩慢步調。

號誌燈變綠，我騎過斑馬線。

兩個騎著腳踏車的中學女生和我擦身而過，兩個人都戴著有一條紅線的白色安全帽。這是在今治街頭經常可以看到的景象。中小學的學生騎腳踏車必須戴安全帽，雖然沒有規定高中生和上班族也必須戴，但還是很多人騎車時主動戴安全帽。

聽成美說，差不多就是「基本上會覺得戴安全帽很麻煩，但還是認為騎車就要戴安全帽」的感覺。

今治雖然以毛巾出名，但其實也是鐵馬城。

連結今治到廣島尾道的瀨戶內海縱貫線名為「島波海道」，努力打造成觀光景點。大橋上有腳踏車專用道，最大的賣點就是可以沿途欣賞瀨戶內海的風景。聽說有許多國外的腳踏車迷專程拜訪——就像很多觀光勝地一樣，當地人反而很少去。

沿著道路向前騎，前方有一個金色的螺旋槳。那是公會堂前的巨大裝置藝術，聽說是輪船的螺旋槳。成美之前曾經自豪地說，今治的造船業很發達，船隻的市場佔有率是全國第一。

在金色螺旋槳前向右轉，然後再向左轉，就進入了住宅區。

在一片仍然是昭和時代小而美的風景中騎了一會兒——看到一棟像老舊民宿般漆成黑色的木造兩層樓房子。

這裡就是我父親的老家，我目前住的地方。

停好腳踏車，嘎答嘎答地拉開了木門，立刻聞到了舊房子的味道。木門上鑲的玻璃因為歲月痕跡而變得模糊。

走進鋪了水泥的脫鞋處，沿著狹窄的走廊向前走，阿嬤在裡面的房間看重播的刑警連續劇。她轉過頭，用低沉柔和，但有點沙啞的聲音對我說：

「回來了啊。」

阿嬤一雙眼睛微微下垂，看起來很和藹可親，太陽穴旁有一顆很大的痣。

「我回來了。」

我舉起成美給我的紙袋說：

「村上給我的麵包。」

「啊喲，那要好好謝謝她。」

「嗯。」

我拿了一個自己的麵包，把紙袋放在矮桌上，然後走去二樓。

我來這裡的第一天之後，阿嬤就從來沒提過那件事。

我對家庭充滿了不信任，阿嬤平靜地用很傳統的說詞安慰了我。我很感激阿嬤。

我因為某種原因再度來到今治，住在阿嬤家裡。

只是我不願回想成為我來到此地原因的那件事。

我覺得太陽下山的時間提早了。

傍晚六點前，我騎著腳踏車穿越暮色蒼茫的住宅區。

我幫阿嬤去超市買晚餐的食材，雖然聽起來像是很乖巧的孫子，但其實有一部分是我外出的藉口。

不知道是否因為還沒有適應，我在阿嬤家總覺得心神不寧，有一種不自在的感覺，所以經常找理由外出。現在也以跑腿為由，等一下應該也會去富士購物中心逛將近一個小時。

阿嬤也察覺了這件事嗎？果真如此的話，會讓我的胸口隱隱作痛，但這也是無可奈何的事。

經過離家最近的丸中超市，繼續騎往拱頂的銀座商店街。一進入商店街的右側，有一家個人經營的書店，我會先去那裡看一些文庫本和漫畫。

這家書店和等一下要去購物中心內的蔦屋書店陳列的書不一樣，書的種類和數量也比較少，但我每天都會去逛一下。雖然每天去逛時，店裡的書都幾乎差不多，但這已經變成了我的習慣。

進入拱頂商店街右轉，立刻看到了一對白色的翅膀。

星月正站在書店門口看時尚雜誌。

天使站著看書的畫面超沒有真實感，我差一點癱軟。雖然很想假裝沒看到，轉身離開，但突然想到一件事。

——她說有事要拜託我，到底是什麼事？

沒錯，我很在意她在社團活動室說的話。

這時，她發現了我。

「新海！」

她睜大了眼睛，笑著向我揮手，她的那對翅膀也跟著啪沙啪沙動了起來。看她的樣子，讓我聯想到狗的尾巴。

我只好踩著腳踏車的踏板，向她騎了過去。

「新海，你在幹什麼？」

「我要來這裡啊。」

「對喔，你很喜歡看書。」

一輛小型車駛過商店街的正中央。

這裡的路很寬敞，而且幾乎沒有行人，所以車子和腳踏車都可以直接開進來、騎進來，但車子的數量也很少，夜晚的銀座商店街籠罩在宛如照亮拱頂商店街白色燈光般的寧靜中。

「妳家就住在這附近嗎？」

我開口問她，打破了這份寧靜。

「我沒有家。」

「啊？」

星月用一如往常的開朗語氣回答：

「我是天使，所以在這裡沒有家。」

「…………」

聽她這麼說，覺得的確有道理。

因為天使當然住在……

「所以，妳住在天堂嗎？」

這時，剛好從書店走出來的大叔瞥了我們一眼。被他聽到了。大叔頭也不回地離開了。

「啊喲！」星月笑著捶我的手臂。

她一下子拉近了和我之間的距離，好像我們沒有任何隔閡。

班上大部分男生都喜歡她，而且她也很受女生的歡迎。仔細一想，就覺得她實在太厲害了。

每個天使都像她一樣嗎？

「不瞞你說，我從天堂掉下來，所以才會在這裡。」

等剛才那個大叔完全走遠後，她開口說道。

「……為什麼會掉下來？」

「不知道，我回不去，所以很傷腦筋。」

當我感受到她真的在為這件事傷腦筋的瞬間——我內心萌生了強烈的意志。這是我天生的癖性。

同時，內心湧起了對眼前狀況的疑問。

「那妳每天在哪裡睡覺？」

「星月妹妹不是天使嗎？」

「什麼星月妹妹？」

「所以我不睡覺，不會想睡覺。」

「…………」

意想不到的回答讓我不知所措。

「其實也不需要吃東西，不洗澡也沒關係。」

我想起午休時間，她和其他女生坐在一起吃麵包的身影。

「妳沒吃嗎？」

「我可以吃，但不會有肚子餓或是吃飽的感覺。」

我完全無法想像天使的感覺。

原來她是天使——我此刻強烈地這麼意識到這件事。

星月站在這個冷清商店街書店的印象無聲地發生了變化。眼前這個露出可愛笑容的女生是道道地地的天使，就是像在書上看到的那樣，沒有肉體，只有靈魂的存在——

星月扮著鬼臉。

她的臉超搞笑，簡直就像漫畫《七龍珠》中魔人普烏被悟空痛扁時的停格畫面。

我忍不住噗哧笑了起來。

「什麼表情嘛！」

她又恢復正常的表情笑了起來。

「所以，天亮之前，我都在閒逛。」

「這……會不會太辛苦？」

「沒事啊，天使平時腦袋都放空，所以也還好啦。」

但其他天使應該不會站在書店看書吧。

雖然這麼想，但我還是認為自己覺得阿嬤家很不自在，所以藉機出來閒逛太不知足了。

「……妳之前說，有事要拜託我？」

「沒錯沒錯！就是這件事。」

星月握著雙手走到我面前。好近。她的翅膀啪沙拍動了一下，輕輕掃到平台上的雜誌。

「我想回去天堂，但不知道回去的方法。我想了不少可以嘗試的方法，希望你可以協助我。」

「好啊。」

我不加思索地回答。

我回答得太快了，星月大吃一驚。

「只要是我力所能及的事。」

雖然我還沒有問她詳細情況，但我內心沒有絲毫的猶豫。

我對這種事無法置之不理。這是我的個性。

這種個性引發了那件事，導致我離開和父母同住的家，但我並沒有後悔。我至今仍然覺得自己沒有錯。

「的確很像。」

星月說。

她抬眼看著我，用戲謔的聲音說。她微微偏著頭時，齊肩的長髮垂落下來。

「雖然只是隱約的感覺，但我覺得很像你的作風。」

商店街昏暗的路燈照射下，她的頭頂有一個漂亮的光環。

我突然想到。

那好像叫做天使的光環。

4

天使有智慧型手機和Line帳號。

『那我就來公布《任務》。』

星月很中二病地用書名號強調的任務，就是回天堂的方法——當然只是可能的方法。

所以，星期六上午，我就騎著腳踏車去車站。

我在郵局的轉角處轉彎，經過公會堂的金色螺旋槳後筆直往前騎。

不一會兒，就來到了電車站前的公車站。星月站在稍遠處。

她看到我，立刻露出像星星般的笑容。

她的全身釋放出某種透明甘美的東西，傳入我的皮膚，一下子滲透到後方。

——簡直就像微中子。

我想著這些冷靜的事，分散自己的注意力。

我把腳踏車停在她面前。

「嗨，早！」

「嗨，早！」

她故意學我說話，翅膀啪沙啪沙拍動著。

「今天的天氣真不錯。」

「是啊。」

「是適合執行任務的好日子。」

「嗯，的確很適合騎車。」

「沒錯！」

她伸出手指指著我。

「今天的任務就是在島波海道騎車，從來島海峽去龜老山瞭望台咧啦！」

沒錯。

我故意忽略她剛才說話時語尾加了「咧啦」那兩個字。

「為什麼這是可能的方法？」

「好問題。」

她像偵探一樣點了點頭。

「因為我看照片，感覺離天空很近，所以覺得可能有辦法回去。」

這也太隨便了。

「新海，你去過島波海道嗎？」

「沒有。」

雖然我有興趣，但真的住在這裡，就覺得隨時都可以去。

星月露出失望的表情，但立刻改口說：

「那剛好啊！」

她從托特包裡拿出安全帽遞給我。

「今天的禮物是和美少女天使一起騎車！」

「這個……」

她遞給我的白色矮胖的安全帽上有一條藍色的線。那是中小學指定的安全帽。

「我們要騎車，當然要戴安全帽，這是今治的規定。」

她在說話的同時，戴上一頂有紅線的安全帽。不可思議的是，這麼俗氣的安全帽戴在她頭上，就變成了一種時尚。

我猶豫了一下，很不甘願地戴好安全帽。

「好！那就出發吧！」

準備出發時，我突然發現一件事。

「星月，妳的腳踏車呢？」

「你可以叫我優花。」

「我才不要。」

「竟然對我說『我才不要』！」

「妳的腳踏車呢？」

「我沒有啊。」

「啊？」

「我沒腳踏車啊。」

星月走到我的腳踏車旁，坐在後方的貨架上。

「好了，出發吧。」

「不……這樣不行吧？」

「為什麼？」

「腳踏車不能載人，法律規定。」

「沒關係，法律管不到天使。因為我是優花，所以沒問題。」

「聽妳在鬼扯。」

我脫口嗆她。我覺得和她聊天很輕鬆。

但是，她的話也有道理。法律只管人類的事，應該管不到天使。

出發之後我才想到，既然這樣，那也不必戴安全帽啊。

馬路旁畫了一條白線，那是汽車和行人路權的分界線。

白線旁有一條水藍色的線，形成了條紋狀。

「這條是表示島波海道的線。」

星月的聲音從背後傳來。

我有多久沒有騎腳踏車載人了？

載人時和自己騎車時的重心不同，踏板也變得很沉重。平時總覺得涼颼颼的背後可以感受到另一個人和那個人的體溫，還有一雙纖細柔軟的手臂輕輕抱住我的腰。

「我今年春天時搬來這裡。」

「嗯。」

這是無法面對面的近距離談話。

「我在小學三年級到四年級期間，曾經在這裡住過一段時間。」

「是喔！」

她說話好大聲。

「是怎樣的感覺？」

她似乎很有興趣。

「什麼怎樣的感覺……？」

「比如說，像是回憶之類的。」

喔喔，原來是問這個。

「當時，大家都很歡迎我，就像是『你從東京來？好厲害！』的感覺，也問了我很多問題。」

「問你什麼？」

「像是東京也流行漫畫《航海王》嗎！？」

「當然流行啊。」

「是啊。」

我們兩個人都呵呵笑了起來。

旁邊的車道不時有車子經過。一側是農田和住家，另一側是JR的軌道。

我沿著水藍色筆直的線，拚命踩著踏板。

「然後呢、然後呢？有沒有舉辦歡迎會之類的活動？」

「有啊。健吾——目前在一班有一個棒球隊的朋友，當時和我同班，他主辦了歡迎會，剛好我的生日也快到了，所以也同時是慶生會。」

「是喔，做了什麼？」

我努力回想往事。

「那次是在健吾家裡舉辦……大家都送了我禮物。」

健吾家是很傳統的日式房子，在寬敞的客廳內，桌上排滿了鯛魚生魚片，和名叫「千斬切炸雞」的帶骨炸雞塊之類本地名產，吃完之後，大家排隊送我禮物。

禮物中有當時流行的卡通人物文具、圖書券，那是我這輩子第一次一口氣收到這麼多禮物，也許以後也不會再有第二次。其中，令我印象最深刻的是……

「還有人送我用今治毛巾做的生日蛋糕。」

「……毛巾做的蛋糕？」

「對，把白色毛巾捲起來，當作是海綿蛋糕，真的做成了蛋糕的樣子。我當時很驚訝，所以印象特別深刻。」

「那是誰送你的？」

是誰呢？

……喔喔。

「是成美。嗯，就是妳上次在社團活動室遇到的，我和她也是從很久以前就認識了。」

「是喔，原來是這樣。」

我可以感覺到她笑著點頭。

前方的道路筆直向前延伸。

農田中長高的稻子已經結出了綠色的稻穗。

「有淡淡的米的味道。」

「嗯。」

「這個平交道好可愛。」

「嗯，我也覺得。」

假日早晨的氣氛很平靜。

「所以，今治對你來說，是一個充滿回憶的地方。」

「嗯。」

「你對回來這件事感到高興嗎？」

這時，身後傳來電車的聲音，電車駛過旁邊的軌道。電車經過時，隔著有點透明的車窗，發現這輛車上幾乎沒什麼乘客，才這麼想著，電車的車尾就漸漸走遠了。

電車駛離的餘韻和靠近的汽車聲交織在一起，然後兩者都消失了。

「……因為發生了一件事，所以才會重回這裡。」

當我回過神時，發現自己這麼說。

我為什麼想要談這件事？是因為筆直向前的道路太無聊？還是我想和別人談這件事？我怔怔地意識到自己的心靈門檻降低了。

「中學三年級時，我們班上發生了霸凌。」

星月沒有說話，我有一種錯覺，她身上衣服的布料好像稍微變硬了。

「有一個叫久間的同學被一群輕浮的傢伙霸凌。課間休息時打他的頭，或是用一些惹人討厭的方式捉弄他，所以我一直覺得很煩，但也從來沒說什麼，雖然這樣很丟臉。」

「……通常都這樣。」

她似乎在安慰我。

「但是，文化祭的時候，那幾個人看到久間的便當，就說『看起來很難吃』、『很臭』，最後——甚至把他的便當倒進了垃圾桶。」

我終於忍無可忍。

「因為那是久間的媽媽幫他做的，怎麼可以倒掉？我和久間的關係並沒有特別好……但我無法原諒這種事。」

回想起當時的事，至今聲音中仍然帶著怒氣。

「所以，我就衝過去打他們，和他們扭打成一團。雖然別人立刻把我們拉開了，但我和他們都受了傷。這件事造成了問題，這是當然的結果，也是無可奈何的事……但是，我的家人並不支持我。」

我握緊了把手的橡膠握把。

「即使我說明了原因，我爸媽仍然堅持『打人就是不對』、『不管怎麼說，都要向對方道歉』，完全不考量前因後果。在那個瞬間……」

我覺得父母根本不瞭解我。

「……有了這種想法後，我就不想再見到他們。而且還發生了一些事，結果——我目前住在今治的阿嬤家。」

喀哩。風在堅硬的安全帽和耳朵之間發出扭曲的聲音。

「事情就是這樣。」

我看到了海豚的招牌，但我不想提這件事。

過了片刻。

「不能把媽媽的便當丟掉。」

從她的聲音中可以感受到，那不是言不由衷，而是她發自內心這麼想。

「也難怪你會生氣。」

當她全面支持我，我反而更強烈地感受到自己的錯，不知道該怎麼回答。

所以，我絞盡腦汁，最後只擠出一句：「謝謝。」

她幾乎馬上問：

「和優花一起騎車是不是超讚？」

我知道她在掩飾害羞。

道路兩旁的感覺漸漸不一樣了，我知道來島海峽不遠了。

沿著為觀光整備的腳踏車專用斜坡往上騎。

「你沒問題嗎？」

星月問。

雖然斜坡的坡度很緩和，但載人騎上去還是很吃力。

「……沒、問題。」

我無法掩飾自己回答的聲音也很吃力，她說：

「《心之谷》中也有這一幕。」

「妳看過吉卜力的動畫？」

「我當然也會看啊。」

原來天使也會看動畫。

「阿雫說：『我也想幫點忙！』然後就從後面幫忙推腳踏車。」

「是啊。」

「我喜歡那一段。」

「是喔。」

「…………」

「妳只有心動，卻沒有行動嗎？」

她聽了我的吐槽，啊哈哈地大笑起來。

「好吧，那我就來行動一下。」

後面的重量突然消失，立刻感受到推動的力量。

「喔，真輕鬆啊。」

我聽著她的說話聲，嘎滋嘎滋踩著踏板。

「我們很像阿雫和聖司吧？」

「才不像。」

「你還回答得真乾脆！」

轉過一個彎道後，我對她說：

「可以了，妳坐上來吧。」

「你真善良。」

「才沒有呢，妳上來吧。」

「好啊，好啊。」

星月再度坐上腳踏車，我站著踩踏板，騎上了坡道頂端。

沒想到前方又是另一條坡道。

——又要爬坡嗎？

我忍不住沮喪起來，雙腿立刻變得沉重——就在這時，我看到了。

我看到了瀨戶內海上的來島海峽大橋。

和之前完全不同規模的景色毫無預兆地出現在眼前，讓人覺得彷彿偷窺到另一個世界。

「好美。」

「是啊……」

眼前的景色太震撼，我們甚至無法歡呼。

這次的坡道兩側有低矮的水泥圍牆，感覺像是狹窄的軌道。我們在不知不覺中，已經來到可以俯瞰整個城市的高度。

我們慢慢爬上向天空延伸的狹窄軌道，這種感覺簡直就像——

「好像雲霄飛車剛開始的時候。」

「我也正在這麼想。」

那是一種期待著愉快的事即將發生，慢慢往上爬的興奮感覺。

沿著弧度上升，周圍的風景也跟著發生改變。

眼下是一片塗成紅、白兩色的起重機，和平坦屋頂的造船廠。

「好多啊。」

「聽說今治造的船在全國的市佔率第一名。」

「是喔。」

我每次踩踏板，腳踏車的框架就發出擠壓的聲音。我的雙腳漸漸使不上力，真的有點騎不動了。

「要不要我再下來推？」

「……不用。」

「啊，對了。」

她小聲嘀咕後，隨即聽到了啪沙的聲音——同時感受到些許向前推的力量。

「怎麼樣？」

「……翅膀？」

「沒錯。」

每次聽到啪沙、啪沙的翅膀聲音，腳踏車就被風推著向前。

「喔喔。」

我忍不住叫了起來。

雖然在坡道上，但腳踏車竟然持續加速，踏板也踩得很輕鬆。有一種輕飄飄的感覺，好像身體變輕了。

「好開心喔。」

她也笑了起來。

聽著翅膀拍動的聲音，感受著輕飄飄的感覺，好像變成了一隻鳥時——海峽出現在眼前。

那是天堂的色彩。我忍不住這麼想。

白色的主塔莊嚴地聳立在飄浮著雲彩的藍天下。

巨大的感覺微微動搖了真實感，我們被和天空之間美得過分的對比震懾了。

聳立了好幾座H形主塔的大橋橫跨遙遠的島嶼。大海和島嶼。那是三百六十度的非日常景象，具備了難以置信的美麗和驚人的規模，甚至讓人以為是幻想世界的建造物。

我目瞪口呆地注視著眼前的美景，沿著旁邊不時有車輛經過的自行車道前進。

設置在自行車道旁的細桿造成好像彼此黏成一體的錯視，同時跑向後方，主塔因為透視而重疊在一起向前方延伸，形成無限鏡一樣的影像，隨著前進移動的視野彷彿在穿越天堂的門。

風從側面吹來。

我們在海上奔馳。

瀨戶內海幾乎沒有風浪，忍不住以為是一座巨大的湖，第一次看到時，對這片大海和其他的海不一樣感到驚訝不已。

瑪瑙色的小島靜靜地浮在海面，島嶼的配置有一種神秘感，忍不住想像《古事記》中，從兄妹神伊耶那岐和伊耶那美手上的矛尖滴落的海水，形成了島嶼這個神話的靈感應該來自這片景象。

這裡有一片令人聯想到日本神話的景色。

「好美喔！好像有神明存在！」

星月興奮地說出的話，完全道出了我的心聲。

「對啊。」

我用激動的聲音回答著，繼續踩著腳踏車。

這片宛如神話的風景就在大橋的左側，今治的城市朦朦朧朧地出現在右側。

因為陽光的關係，眼前這片大海宛如一片白茫茫的雪地，貨船就像是遠征南極的調查船。

神的領域和人的領域。神話般的風景和現代風景。

我們從來島海峽大橋眺望這兩個境界交織在一起。

啪沙……啪沙……

她拍打著翅膀，彷彿擁抱海風，又慢慢釋放。我仰望的天空在她翅膀拍動的加速度下移動。

「是不是很像在天空中飛翔？」

她也看著天空嗎？

當我聽著她翅膀拍打的聲音，感受著輕盈的加速度，仰望晴朗的天空時……突然覺得星月也許可以這樣回到天上。

「妳是不是可以就這樣回去？」

「有可能！」

說完，她用力拍了幾次翅膀。

腳踏車的速度越來越快，有一輛公路腳踏車迎面而來。慘了。翅膀會打到。

「星月！」

「呃！？」

她立刻收起翅膀，幸好沒有打到對方。

騎車的外國女人訝異地看著我們。

「啊，差一點……」

她吐著氣，緊緊貼著我的後背。

我覺得如果有反應，反而顯得很色，所以假裝沒事。我覺得很多事都身不由己，身體不經意地動了一下。

她的身體輕輕彈了一下，然後慢慢抽離……突然拍了拍我的肩膀。

「色胚！」

「是妳自己貼上來的啊！」

耳邊響起她銀鈴般爽朗的笑聲。

我們騎著腳踏車，拍動著天使的翅膀，越過大海，穿越天空。

「啊，真開心。」

她的聲音從背後傳來。

我稍微轉頭，看到了緩慢拍動的翅膀尖。

她的臉上應該帶著笑容，就像她的聲音般閃閃發亮。

我這麼想著，好像乘著風，輕盈地踩著踏板想著，突然……

我很想用力轉過頭看看星月。

……那時候，優花臉上不知道露出了怎樣的表情？

不知道她內心在想什麼？

我直到很久之後，才知道那件事。

這是一個關於天使渴望奇蹟的故事。

是我和優花用生命譜寫的故事。

第二章

妳也一樣？

1

我們經過了來島海峽大橋，來到了鄰近的島嶼。

「哇，你看！大海好棒喔！」

沿著大橋通往島上的坡道往下騎，島上的風光緩緩旋轉，越來越低。

「哇，好棒的感覺！好像電影一樣。」

「嗯。」

我回應著興奮的星月。

被海風摧殘的木電線桿，完好的柏油路都充滿了島嶼的情緒。開闊的天空和大海，透明碧綠的淺灘。海灘狹窄得令人驚訝，應該只有不到一公尺。

「是因為沒有海浪的關係嗎？」

「瀨戶內海都這樣。」

我也是在第二次搬到這裡時，才瞭解到這件事，感到很震驚。

我猜想是因為沒有海浪打向岸邊，所以也不會有泥沙淤積。預防海浪的堤防也很低，只是淪為形式而已，房子也都建在好像只要打開後門，就可以直接撲通跳進海裡的位置。

「我覺得小孩子會從那條路跳進海裡。」

道路和海太近了，放學時，很可能會出現這樣的情景。

我們來到坡道底，登上了島嶼。

「接下來要去龜老山瞭望台。」

聽到星月這麼說時，我猛然想起了剛才忘記的正題。

「結果剛才妳還是回不了家。」

來島海峽大橋。

剛才經過了那片透明的藍色、白色和大海的顏色——聽著她翅膀的聲音，覺得可以直通往天堂的那裡，但星月仍然坐在我身後。

「嗯，是啊。」她怔怔地回答，「一開始都這樣咩。」

她的語尾用了莫名其妙的語助詞。

我沒有理會她，繼續踩著踏板，跟著指示標識，順著水藍色和白色的條紋，騎在島波海道上。

……就在這時——

「要走哪一條？」

我在岔路口停了下來。

「對不起，等我一下。」

說完，我拿出手機，打開了地圖App，地圖上的指示很不清楚，兩條岔路似乎都可以通往目的地，但並沒有標識出我們想去的地方。

星月默不作聲地等待著，這對我造成了些許壓力。

「是不是這裡？」

她指著右側那條路說。

「嗯……」

我把地圖放大，滑動畫面。雖然地圖上顯示是山路，有點搞不太清楚，但的確是那個方向。

「那就走這裡看看。」

我把腳踏車轉向右側。

沿著道路前進，前方出現了好像高速公路收費站的地方。

周圍靜悄悄的，紅色亭子內沒有人，也完全沒有車輛經過。

「會不會是在前面？」

她問。那道關卡的前方的確是蜿蜒的山路。

「應該吧。」

雖然我有點猶豫，不知道腳踏車可不可以騎過去，從這裡看過去，收費亭內似乎沒有人，但可能裡面有人，可以過去問一下路。於是，我騎了過去。

我們離關卡越來越近，就在這時——

「喂！你們在幹嘛？」

突然有一個聲音問道，回頭一看，兩個看起來像職員的叔叔從旁邊的小房子內衝了出來。

他們狠狠教訓了我們，我覺得根本不必這麼大驚小怪。

他們把我們帶到小屋前，輪番責問我們：「為什麼要做這種事？」「如果有車子，不是很危險嗎？」

這裡根本就沒車子啊。雖然我心裡這麼想，但還是默不作聲，等他們罵完。然後職員從小屋內拿出一份表格說：

「在這裡填寫姓名和地址。」

——真的假的？

「放心吧，並不會有什麼處罰。」

既然這樣，為什麼要填寫？

我內心忍不住有點反彈，覺得沒必要這麼小題大作，然後看向身旁的星月。

她注視著我。

她臉上帶著不安的表情，同時好像在仔細觀察我會怎麼做。

我立刻冷靜下來。

「……好。」

我接過板夾，在表格中填寫了姓名和住址，但很抱歉，我並沒有完全照實寫。

「請問，」星月問職員，「請問還有其他人這麼做嗎？」

兩名職員都苦笑著說：

「沒有。」

2

我和星月一起坐在計程車的後車座。

計程車駛上通往瞭望台的山路。

剛才那兩名職員說服我們，根本不可能騎腳踏車到山頂，本地有計程車提供包車行程，勸我們搭計程車。

包括上下山的車程和在山頂等待的時間，車資總共三千五百圓。雖然對我們來說有點貴，但兩個人分攤的話還可以接受，於是我們決定搭計程車。因為畢竟我們在出任務。

「妳不需要那樣追問。」

我對坐在旁邊的星月說。在小屋內等計程車時，她很執著地追問職員：「真的沒有其他人嗎？」而且發揮出天生的可愛，讓他們查了過去的紀錄。

最後，聽到完全沒有其他人時，她瞪大了一雙大眼睛，然後哎嘿嘿地摸著頭說：「原來是這樣啊。」

「星月妹妹不是喜歡做一些別人沒做過的事嗎？」

「我怎麼知道。」

「你不喜歡嗎？」

我不理她，繼續看著窗外。

眺望著漸漸升高的風景，我覺得剛才兩名職員說的話完全正確。

「騎腳踏車絕對上不來。」

「是啊。」

經過一個大彎道，整個身體都跟著傾斜。

轉過彎道時，看到兩個自行車手。

那是一對年輕男女，騎著公路車。計程車很快就超越了他們，我回頭一看，那個女生戴著眼鏡，看起來像文科系的女生。我忍不住有點為她擔心，不知道她能不能騎上去。

山頂上有一片還算寬敞的停車場。

我們請司機等在停車場，然後走去瞭望台。

入口階梯旁有一家小商店。

「這裡有伯方的鹽冰淇淋。」

那是隔壁伯方島的名產。要三百圓。不能再花錢了。

「應該就是在冰淇淋裡加點鹽而已吧？」

「你別說這種話，我們分著吃，這樣是不是超讚？」

「哪裡讚？」

「啊？就是……」她故意扭著身體說，「你不是可以和我間接接吻嗎？」

「原來龜老真的是老烏龜的意思。」

「真的欸，烏龜的石像太可愛了。」

我不理會她剛才說的話，她也若無其事地接過話題。

我們沿著木階梯上樓。

通往瞭望台那條路是用木板和清水模打造的空間，充滿了現代感。

「聽說這裡是知名設計家設計的。」

「妳知道得真清楚。」

「我上網查到的。」

天使說這種話感覺很不真實。

走在階梯上的腳步聲在寬敞的水泥牆產生了答、答的回音。

我們站在階梯盡頭的樓梯口，眺望著綠意盎然的岸邊。薄霧飄來，太陽躲進了雲層，空氣越來越潮濕。

「啊，你看，那裡有房子。」

站在這裡，可以看到海岸旁橘色屋頂的小房子。

「房子旁邊還有小船，不知道能不能捕到魚。」

「應該想捕多少，就可以捕到多少吧。」

「而且一出家門就是海水浴場。」

真好。我們兩個人都輕聲感嘆著。

「雲層越來越厚了。」

「是啊。」

「我缺乏讓天空放晴的能力。」

我們這樣閒聊著，走完了階梯，來到瞭望台。

放眼望去，瀨戶內海和島嶼白霧裊裊。

眼下的森林、大海和宛如從天而降的島嶼——

「我們經過了這麼長一座橋。」

橫跨大海的來島海峽大橋籠罩在一片迷濛中。

霧越來越濃，淹沒了對岸的今治市區。

龐大的白色霧氣繚繞在我們周圍。

「簡直就像在雲裡……」

完全就是這種感覺。

眼前是一片白色，除了我和她以外，完全沒有其他人。

彷彿世界的末日降臨，只剩下我和她兩個人。雖然我腦海中浮現這句話，但太害羞了，所以並沒有說出口。

星月仰望著天空說：

「感覺就在天空附近。」

「又不是車站，哪來什麼附近。」

氣氛全被她毀了。

「……怎麼樣？妳覺得有辦法回去嗎？」

「我也不太清楚。」

她在回答的同時，跳上了中央的四方形的高台。

她像在伸懶腰般挺起胸膛，閉上眼睛。

啪沙……啪沙……

她舒服地伸展著翅膀。

她站著的高台就像是底座，我覺得自己好像見證了天使石像注入靈魂的瞬間。

雖然有點不甘心，但她的樣子真的充滿神秘感。

「好像不行。」

她露出和之前一樣的表情，很乾脆地說。

「是喔……」

我想也沒這麼簡單。我帶著一絲失望回答，然後從觀光客的角度巡視周圍。

瞭望台是長方形的石頭地板，差不多三坪大，周圍用細鐵絲圍了起來，以免遊客不慎跌落。

我發現鐵絲上掛了很多東西。

我走過去確認。

掛在鐵絲上的是……鎖頭。

「聽說是一種魔咒，」星月走到我身旁說，「情侶許願『可以永遠在一起』，然後掛上去。」

「鎖住愛情嗎？好搖滾的感覺。」

「應該吧。」

「太可怕了。」

「別說這種沒情調的話，但是……」她又接著說了下去，「聽說現在禁止了。」

「如果大家都來掛，的確很傷腦筋。」

「但我覺得許這種願很美好，所以……」

她把食指和大拇指圈成半圓形，穿過了鐵絲。

「新海，你也來試試。」

「……？」

但我還是照做了。

「食指要更彎一點。」

我也把食指用力彎了起來。

「然後，」

星月也彎起食指，然後伸了過來，和我的手指碰在一起。

心形。

我們的手指連在一起，變成一個心形。

我立刻想把手指抽離。

「等一下。」

星月制止了我。

沒想到她的聲音聽起來格外認真，所以我聽從了她的話。

當我轉頭看她時，她露出了微笑。

「只是好玩，」她說，「所以我們也來試試。」

不知道為什麼，她開這句玩笑時的表情有點不自然，我忍不住被這一點吸引。

我倒吸了一口氣，然後稍微恢復了鎮定，移開了視線。

前一刻的視野中，有手指和手指連在一起形成的心形環。

「心不是也代表生命嗎？」

她輕鬆自如地說。

「是啊。」

我不加思索地回答。

薄霧籠罩周圍，感覺很不真實。附近的水蒸氣好像山嵐的雲般流動。

我們穿過鐵絲的手指形成的心形環就像是打的繩結一樣，以免被山嵐帶走。

3

「喔，久等了，久等了。」

健吾的托盤上裝著特大碗豆皮烏龍麵和特大碗咖哩走了過來。

午休時間，食堂像往常一樣熱鬧不已。

「開動了！」

坐在對面的健吾用力拍了一下手，開始大口吃著白色烏龍麵。

這些份量的午餐我應該也可以塞進肚子，問題在於這傢伙在第二節下課時已經吃完了便當，而且去參加社團活動前，又吃麵包當點心。這個棒球強隊球員的食量還是這麼驚人。

健吾是我小時候的玩伴，我小學三年級第一次搬來今治時，就和他成為朋友。他不僅具備了源自父母良好教育的開朗，而且很有社交能力，這個小帥哥如今成為棒球隊正式球員。

我們兩個人都專心填飽自己的肚子。

健吾碗裡的那座咖哩小山正在慢慢消失。雖然他吃的速度很快，但吃相很好。我記得成美之前說，他在這些方面也贏得女生的好感。

「良良。」

健吾向來這麼叫我。因為我叫良史，所以他叫我「良良」。

「交往還順利嗎？」

他在問我和成美的事。我、健吾和成美從小學開始就是朋友。

「還好啦。」

「有沒有約會？」

「呃，上週末去了富士購物中心。」

「那昨天和前天呢？」

「我剛好有點事。」

星期六，我和星月一起去出任務，隔天我在家寫功課，彈了彈自己喜愛的吉他，就打發了一天的時間。

「那就沒辦法了……但不要老是在附近約會，偶爾可以帶她去松山啊。」

「你以為你是誰啊，」我苦笑著吐槽他，「我們在社團活動室有聊天，也有去神社。」

我最近意外發現，這樣好像也沒問題。

「你不交女朋友嗎？」

我問健吾。這傢伙長這麼帥，又是棒球隊的正式球員，女生都超喜歡他。他三不五時就會收到情書，還有女生曾經拜託我為她向健吾告白牽線。

「呃……是啊。」

他的眼神有點飄忽。

「……我也不知道為什麼。」

他說話突然結巴起來。

「你應該有很多選擇，也有很多漂亮女生。」

「但也不能和自己不喜歡的女生交往。」

他在說話時放下湯匙，準備拿起筷子。

「莫非你有喜歡的女生？」

健吾的筷子掉了。

「你以為在演漫畫劇情嗎？」

我吐槽的同時，健吾大笑起來。

這傢伙笑起來很大聲。我知道整個食堂的人都聽到了。

「哇，超青春！我們的聊天內容也太青春了！」

他繼續放聲大笑著，突然露出好像看到熟人的表情，舉起了手。

「喔，成美。」

回頭一看，發現站在門口的成美正準備走過來。

她露出窘迫的表情，很不甘願地走了過來。

「不要在這種情境下向我打招呼，好嗎？」

健吾不理會成美的抗議，指著我說：

「我剛才對他說，叫他多找妳約會。」

「不要跟我說話啦！」

成美壓低聲音用力說，健吾搞笑地聳了聳肩。

成美點餐回來，手上的托盤上有一碗特大的親子丼。

她在我旁邊坐了下來，拿起湯匙，大口吃了起來。我兒時的玩伴都是大胃王。

成美平時的臉就很臭，讓人忍不住問她：「妳在生氣嗎？」只有吃東西的時候，臉上散發出幸福的光環。我覺得這一點不錯。

「妳明明沒運動，竟然不會發胖。」

健吾深有感慨地說，成美臉上的光環立刻消失了。

「……我有胖，好嗎？」

「啊？」

我和健吾異口同聲地發出了這個聲音。

我一直以為她是不會發胖的體質，因為她看起來一點都不胖。

健吾應該和我有相同想法，尋找著她身上到底哪裡胖——然後被某一個地方吸引。

成美立刻遮住豐滿的胸部。

「下流！」

「不是啦，只是剛好而已！」

「男人都這樣啊。」

成美狠狠瞪著我們，我和健吾拚命辯解。

這就是我們三個人相處的感覺。

我和成美交往之後，這種感覺也沒有變。

有一部分是順其自然，但也許我們三個人都小心呵護，所以才能繼續維持這種相處的模式，

我覺得這樣並沒有什麼不好，不是嗎？

走回教室剛坐下，星月轉頭看著我，用肢體語言表示「看一下課桌抽屜」。

我一看……發現有一張對折的紙。是紙條。

我抬頭看她，她一臉得意的笑容。

我有點厭世地打開紙條一看，上面寫了一行字。

下一個任務：禮物內容是和優花一起去今治城散步♡♡♡

連續三個心讓人超煩。

4

放學後，我騎著腳踏車前往集合地點。

如果放學之後直接和她一起去，會被很多人看到，這樣很尷尬，而且也會引起不必要的誤會。

星月聽了我的說明後，點了點頭說：「有道理。」

於是，我決定先回家一趟，然後去今治城前的全家便利商店和她會合。

我騎在平時常走的那條大馬路上，騎向和車站相反的方向，很快就看到了一道紅色大門。那裡是船隻停靠的棧橋，這意味著大海就在旁邊。

右轉之後，橫跨商店街，來到和道路平行的碼頭。雖說是碼頭，但其實很小，只有一排小船停靠在岸邊，卻充滿了港都的懷舊風情。

經過碼頭之後，就是一個很大的彎道。

「——！」

一輛汽車近距離超越了我，我忍不住冷汗直流。

——好危險。

從東京來到今治後，感覺到這裡和東京的其中一個不同之處，就是這裡的車子很危險。東京的司機開車時都會禮讓路人，隨時會注意行人，相較之下，這裡的司機這方面的意識很薄弱，即使在住宅區的十字路口時，也完全不會在意行人，就直接衝過去。

雖然比起初來乍到時，我現在已經瞭解狀況了，但偶爾仍然會嚇一大跳。

騎過彎道後，就看到了全家的綠色。

星月孤伶伶地站在寬敞的停車場。

她看到我，立刻舉起手，拍打著翅膀。白色的翅膀在帶著顏色的陽光中輕柔地飄動。

「今治實在太厲害了！」

她一見到我，立刻張開雙手，示意我自己看。

右側是我剛才騎過來的碼頭，左側——是建在護城河內壯觀的今治城。

「只要有其中一個，就可以成為觀光景點！真是太厲害了，一個地方就有這麼多美景！」

「就是啊！」

我情不自禁說道。第一次來這裡時，我也有完全相同的感慨。

站在這個停車場，左右兩側可以分別看到充滿風情的港都景象和悠然的古城風景，這裡得天獨厚，同時具備了這麼多觀光要素。

「新海，你也這麼覺得嗎？」

「我之前也有相同的感覺。」

「是不是很棒？我喜歡這個地方。」

她小聲說話時的笑容在發光，我可以感受到她真心喜歡這裡，有一種心癢癢的感覺。

「你有沒有去過今治城？」

聽到她問話的聲音，我猛然回過神。

「不……我第一次來這裡。」

「真的嗎？」

「這有什麼好質疑的？」

星月目不轉睛地注視我的眼睛後，微微偏著頭。

「所以，優花是第一個。」

「那又怎麼樣？」

「有點對不起你的女朋友。」

之前在社團活動室撞見成美時，她是不是從當時的感覺瞭解到我和成美之間的關係？

「我之前就知道了。」

她嫣然一笑。

「喔，是喔。」

我在回答時，發現內心有一小部分的空氣變得稀薄了。這是怎麼回事？

「那我們走吧。」

「好啊。」

這時，我突然想起一件事。

「對不起，我可以先買自動鉛筆的筆芯嗎？」

「現在？」

「趁沒有忘記的時候先買。」

「那就乾脆忘記，之後再努力回想。」

「這是在做什麼腦力訓練嗎？」

「我們來做腦力訓練。」

「為什麼要做出肌肉男的動作說這句話？」

我們聊著這些沒營養的話，走進了全家。

我走去文具區。星月靈巧地折起翅膀，跟在我身後走在狹小的貨架之間。

「對了，」

我在懸掛的文具中找筆芯，在聊天的空檔時對她說：

「剛才在轉角處險些被車子撞到，差一點就沒命了。」

她突然抓住我的手臂。

「啊？」

我忍不住叫了一聲，回頭看著她——

「你要小心。」

「你要小心車子。」

我從來沒看過星月臉上露出這麼緊張的表情。

她抬頭看著我的視線，和用力抓住我手臂的手指帶著相同的質感。她突如其來的變化讓我以為她又要搞笑，但她笑著掩飾後，鬆開了我的手臂。

「你一定要小心。」

我感到有點困惑，但還是回答說：「好。」

在收銀台結完帳，把只貼了膠帶的筆芯放進褲子口袋說：

「那我們走吧。」

「嗯。」

我們走向出口。——就在這時——

我和正在把腳踏車停在外面腳踏車停車場的成美四目相對。

她的眼神在問我這到底是怎麼回事。

我回頭看著星月，她露出「啊喲，不妙」的為難表情。

我很尷尬。因為我用Line告訴成美「我今天有事」，沒去參加社團活動。

之所以沒有告訴她和星月的事，是因為一旦說了，就必須扯到任務的事，事情會變得很複雜，並沒有特別的意思。

「…………」

成美無言地看著我們從便利商店走出來。

「不是，」我對她說，「不是妳想的那樣。」

「我想的是哪樣？」

——好可怕。

成美平時的臉看起來就很臭，即使生氣的時候，臉上的表情也幾乎沒有變化。

只是可以從聲音中聽出來。

「你星期六也和星月一起出去，對不對？」

我的心臟馬上縮了起來。

「妳怎麼……？」

「鄰居阿姨告訴我的，你們兩個人騎一輛車，在這裡引起了不小的話題。」

這麼點小事就會引起話題？我深刻體會到鄉下地方的可怕。

「既然妳知道，為什麼沒有問我？」

「因為你完全沒提這件事。」

——好可怕！

「村上，真對不起。」

星月插嘴說。她的翅膀垂了下來，似乎也表達了她此刻的心情。她的翅膀真的很像尾巴。

「其實是我有事拜託新海……啊！但我沒辦法告訴妳拜託他什麼事！對不起！但這算是秘密……嗯，並不是什麼特別的意思……那個……真的很對不起！！」

她深深鞠躬，額頭幾乎碰到膝蓋了。不知道是否要表達她的誠意，她的翅膀啪沙地張開，撞到了我的手臂。我拚命克制，努力假裝什麼事都沒有發生。

「噗哧。」

並不是我發出這個忍不住笑出來的聲音——而是成美。

她的嘴唇放鬆，似乎慌忙收起了笑容，我好久沒有看到她這樣的表情。

她察覺了我的視線，慌忙掩飾，然後看了看我，又看了看星月的後背。

然後，她露出嚴肅的表情，遲疑了一下……對著我問：

「這件事和星月背上的翅膀有關嗎？」

5

「這種事，沒辦法隨便開口問啊。」

「那倒是。」

成美也可以看到星月的翅膀，但基於和我相同的理由，所以一直沒提這件事。

如果我和成美同班，也許之前就會相互確認這件事。總之，我在全家旁向成美說明了情況。

「……原來是為了回天堂出任務。」

「對不起！」

星月合起雙手向成美道歉。

「因為這個原因，所以星期六的那個和今天的這個完全不是橫刀奪愛的這個和那個，新同……」

她說話咬到了舌頭。

她可能想說「新海同學」。

星月斜斜地低著頭，閉上眼睛，似乎覺得自己出了糗。

「妳咬到舌頭了。」

我故意糗她，星月噗哧一聲笑了起來。

我帶著愉快的心情，看到她的動作和表情。這時，成美說：

「我也想幫忙。」

回頭一看，成美對星月露出很收斂的友好笑容。

「有我幫得上忙的地方嗎？」

「我覺得有超多！！」

星月用雙手緊緊包住了成美的手。

「村上，謝謝妳！」

啪沙！她張開翅膀，再次打到了我。

「啊，對不起。」

「…………」

我悵然地抓住了她的翅膀。

「啊！色狼！」

「吵死了！」

成美無言地看著我們這樣對話。

我總覺得有點尷尬，於是再度提出：

「那我們去今治城。」

「嗯，村上，妳有沒有去過今治城？」

星月問成美。

「每年新年參拜時都會去，因為裡面有一座神社。」

「原來是這樣啊。」

我們用鑰匙打開腳踏車的鎖，然後把腳踏車掉轉了方向。

殘暑的天空下，將深灰色的屋瓦和白牆襯托得更加雄偉。

「那附近的海水味很濃。」

「因為靠近海啊。」

成美立刻說道。

「今治城是『日本三大水城』之一，是一座護城河引入海水的水城。至於為什麼要引入海水，是因為可以讓船直接駛進護城河。今治是海上的要地，所以才會採取那種構造。今治城出自被譽為築城名手的武將藤堂高虎之手，除了配置在各處的梯形以外，許多地方都充分反映了他的建築特徵。之前曾經有兩尾鯊魚誤闖入護城河，成為很大的新聞。」

成美的淵博知識讓星月目瞪口呆。

成美很愛家鄉，對今治的情況瞭若指掌，有時候我也有點吃不消。

「為什麼只有我和成美可以看到翅膀？」

這件事讓人感到不可思議。

「我也不知道……」

成美也露出沉思的表情。

到底有什麼理由，只有我和成美可以看到天使的翅膀？

「嗨！」

突然聽到叫聲，回頭一看，健吾騎著腳踏車出現在前方的路上，正在剎車停下來。

他跳下腳踏車向我們走來，似乎有點在意星月。

「你沒去社團練球？」

我問。

「教練叫我休息。」

「你怎麼了？」

「只是太累了而已，最近練太勤了。」

他在說話時，又瞥向星月。我想起他們是第一次見面。

「她是我班上的星月。」

「喔，喔……」

怎麼回事？這傢伙有點緊張，不像他平時的作風。

「妳好，我叫越智健吾。」

「我叫星月優花，請叫我優花！」

她露出笑容的同時，翅膀也拍動一下。

健吾的雙眼也同時看向她的翅膀。

——嗯？

我捕捉到這一幕，注視著健吾。

健吾看了看我，又看了看成美。

「怎、怎麼了？我沒事喔。」

雖然他是帥哥球員，家裡又很有錢，但有幾個令人遺憾的小缺點。

其中之一，就是他超不會說謊。

成美當然也知道這一點，從現場的氣氛中可以察覺，她和我想到了相同的可能性。

我對星月咬耳朵說：

「妳用力拍動一下翅膀。」

「？」

雖然她搞不清楚狀況，但還是異樣順從地用力拍動翅膀。

啪沙。

健吾的眼睛立刻看向她的翅膀。也許是因為他打棒球的關係。

我和成美互看了一眼，達成了共識。

「我、我去買全家炸雞，吃炸雞好了。」

健吾抓著脖子，一看就知道他心裡有鬼。

該不會——連你也可以看到？

第三章

因爲喜歡

1

我們正在健吾的房間。

鋪著地毯的四坪大房間內散發出老舊木頭的味道，隨興擺設了最低限度的傢俱。狹窄的書架上放了幾本漫畫和數量更少的小說，以及少棒時代的照片和獎牌，還有他曾經迷過一段時間的螺旋槳飛機的模型，這一切都是我熟悉的景象。

「啊，我真是鬆了一口氣。」

健吾倒在床上。因為在自己房間，心情太放鬆了，所以在床上滾來滾去。

「天使從天堂掉落人間太那個了！根本就是漫畫！」

「你說話太大聲了。」

我提醒他。因為他媽媽就在樓下。

「而且，我剛才也說了……」

健吾把手放在嘴邊，露出了開朗的害羞表情。

他整個人就像是太陽。整體感覺很大，有時候像春天的太陽般柔和，有時候像夏日的豔陽般熾熱，但有時候又神經很大條。

「為什麼只有我們能夠看到？」

健吾的疑問說出了我們所有人的想法。

「星月，妳知不知道為什麼？」

「這是……呃……」

她聽了健吾的問題，手足無措地煩惱起來。

「嘎呼！」

她捶了我的手臂一拳。

「為什麼捶我？」

她聽了我的吐槽，笑著回答說：

「因為優花我也不知道啊。」

我們暫時似乎只能接受這樣的現實。

然後，我向健吾說明了至今為止的情況。

「——所以，你們去了島波海道嗎？」

「是啊。」

聽到我這麼回答健吾，星月立刻加入了我們的對話。

「那裡超棒！」

她很巧妙地融入我們的對話，具備了積極的溝通能力。

「大橋很大，有一種頭暈目眩的感覺。大海也很寬闊，島嶼充滿神秘感，包括那裡的房子在內，都有一種民間故事的感覺，感覺好像有神明存在！還有瞭望台也超猛！」

「你們去了糸山公園嗎？」

「是龜老山。」

「喔，原來你們去那裡了。」

「對，但中途稍微有點迷路，我們就繼續往前走，結果去了一個像高速公路收費站的地方……」

我一口氣把被職員罵了一頓，最後搭計程車上去的事也告訴了他。

「每個人花了一千七百五十圓嗎？」

健吾仰頭看著天花板，似乎覺得很貴。

「這是一次很寶貴的經驗。」

「風景怎麼樣？有沒有超美？」

「霧很濃，什麼都看不到。」

「真的假的！？」

「真的啊。」

星月和健吾互看了一眼。

「但這樣反而更棒，有一種很壯觀的感覺，霧氣哇地一下子飄過來。」

星月的雙手從右側用力移到左側。

「哇地飄過來？」

健吾也像她一樣移動手臂。

「哇地飄過來。」

星月又做了一次相同的動作。

「那真是太壯觀了。」

健吾一臉嚴肅的表情點了點頭。

我覺得他們兩個人的樣子看起來很傻。

他們似乎很合得來，兩個人都是太陽屬性。

我不經意地想，自己的個性應該無法像他們那樣。怎樣的情況會讓我像他們這麼情緒高漲？

應該是看到有人很沮喪，我想要鼓勵對方，才努力讓自己顯得很興奮。

「我只有小時候去過，已經沒有印象了。」

成美說。

「我從來沒去過。」

健吾跟著說。

「是喔？」

「對啊，也從來沒有在島波海道上騎腳踏車。」

「我也沒有。」

這時，成美露出靈光乍現的表情——看著我。

「我覺得也許是好主意。」

「什麼好主意？」

「我是說，大家都沒去過啊。」

「嗯，也許吧。」

「沒錯，就是這樣，所以我們可以去一趟，寫類似體驗記的文章。」

有道理。原來她在說下一期的社團報。

「類似『本地人走訪本地觀光勝地』之類的報導嗎？」

「沒錯沒錯，看了報導的人就會對這個地方有新的發現，覺得『今治太棒了』。」

「果然超熱愛故鄉！」

成美聽了我逗她的話，認真地露出困惑的表情，於是我也有點不知所措。成美經常聽不懂我的搞笑，我也必須記住這一點。

「你們在說什麼？」

健吾問。

「社團的事，我們在討論也許可以在下一期的社團報上寫這些內容。」

「我尬意。」

「我尬意是什麼意思？」

「本地名勝巡禮太有趣了，可以去島波海道，還有市民森林？」

「那裡又不是名勝。」

「啊，下一個任務就是市民森林！」

星月說。

「真的假的！那就非去不可了！」

「非去不可。」

健吾和星月好像在唱雙簧似地相互點著頭。

「好，就這麼決定了。大家一起去市民森林。」

健吾整個身體轉向我。

「既可以完成任務，又可以寫社團報的報導，簡直是一舉兩得。嗯——就這麼辦。」

他的身體靠了過來，摟住了我的肩膀。

「讓我們也一起加入，星月，好不好？」

「長官，星月妹妹也可以加入嗎？」

「為什麼用軍人語氣說話？」

我忍不住吐槽。

「可以！」

健吾向她敬禮。

星月也向他敬了禮。

然後，他們繼續做著敬禮的動作看著我。

「……好啊，反正本來就要執行任務。」

健吾咧嘴一笑。

他的個性向來都是這樣，總是希望把大家拉在一起。當年我剛轉學來這裡時，也是他馬上提出舉辦歡迎會兼慶生會，不知道該怎麼形容他的這種個性，我覺得可以正面解讀為是家庭環境良好的關係。

我確認了成美的意見。

當我們眼神交會時，她停頓了片刻，點了點頭。

「好！」

健吾站了起來。他躺著看起來就很高大，站起來就更高大了。

「那我們現在一起去富士購物中心！」

我覺得他說這句話的感覺好像廣告詞。

「星月，妳知道富士購物中心嗎？」

「玩樂的地方嗎？」

「沒錯！大家一起去有電影院，有遊樂場，有保齡球館，也有蔦屋書店，還有創意、搞怪雜貨店『比利治玩家』的商業複合設施富士購物中心吧！」

這句話根本就是廣告詞。

「——等一下。」

我們正準備站起來時，成美制止了我們。

然後露出好像得到神諭的聖女貞德般嚴肅的表情說：

「我們去玉屋。」

「玉屋……妳是說那家剉冰店？」

「星月，妳去過玉屋嗎？」

星月搖著頭。

「我跟妳說，」成美看著她的眼睛，露出好像在傳達人生真理的教育家般的眼神說：「今治雖然有很多名產，但有兩家超好吃的剉冰店會讓人覺得，最值得一吃的不是雞皮串燒，也不是叉燒荷包蛋丼，搞不好也不是鯛魚，而是剉冰。其中一家就是——玉屋。」

星月用力吞著口水。

「玉屋的奶昔剉冰入口即化的口感，和奶昔溫潤的甜味讓人欲罷不能，只有那家店才能吃到，真的超好吃，而且使用大碗公和打泡器的獨特製法也很值得一看。」

「……妳只是自己想去吃吧？」

我和健吾都用相同的眼神看著她，但成美不為所動。既然她心意堅定，我們根本無力阻止她。

於是，我們在非假日的傍晚去了玉屋，和不時造訪的本地人、觀光客擠在一起吃了奶昔剉冰。

2

然後，我們開始執行任務兼社團活動。

「睡蓮好噁！」

「真的超噁！」

健吾和星月產生了共鳴。

星期一放學後，我們來到市民森林紀念公園，正走向公園內最高的高地。

「也不是噁，而是超詭異。」

「簡直讓我改變了對莫內的看法。」

他們開始批評畫過睡蓮的畫家。

擠滿水面的圓形葉子看起來的確很像是某些變得很巨大的微生物，也的確很噁心。

我們邊走邊聊，沿著攀爬了許多藤蔓的綠色隧道往上走，不一會兒，就來到了市民森林的最高處。

「喔！」

星月發出了叫聲，似乎覺得「還不錯」。

眼前的確只是這種程度的景象。

鋪著草皮的狹小空間有兩張坐著欣賞風景的長椅，可以眺望低矮的柵欄外的森林景象和一部分街景。

「國際飯店！」

星月指著永旺夢樂城後方的大廈。綠色屋頂的那棟大廈是今治市的地標。

「不管在哪裡都可以看到。」

我小聲嘀咕。因為今治沒有其他相同高度的大廈，所以只要在市區，幾乎任何地方都可以看到。

「出遠門回家時，只要看到國際飯店，就覺得『啊，回到家了』。」

成美在說話時，把書包放在長椅上，拿出一個白色塑膠袋。

「我去買了鮮奶油麵包。」

鮮奶油麵包是小川烘焙坊這家麵包店的招牌麵包，在這一帶很有名。

「妳家不是就有嗎？」

成美家開麵包店，如果拿自家的麵包，就不用花一毛錢——

「我就是想吃這個。」

不該問成美這種蠢問題。

「妳會胖喔。」

成美瞪了健吾一眼，健吾「呃」了一聲，反應很誇張。他對其他女生很紳士，這可能也證明他和成美有多年的交情。

我們各付了一百三十圓，接過裝在塑膠袋裡的鮮奶油麵包。

簡單的橢圓形法國麵包外表就有樸素的味道。咬了一口之後發現，偏硬麵包內濃濃的鮮奶油味道在嘴裡擴散。雖然無論麵包和鮮奶油都是簡單樸素，感覺很普通的麵包……

「感覺可以一口接著一口。」

星月說。

沒錯，這種和「蓬鬆柔軟、散發出甜蜜香氣」無緣的樸素鮮奶油麵包，有一種讓人欲罷不能的美味。

「對吧？」

成美邊吃邊笑了起來。

「這是一個頭髮花白的大叔烤的麵包，……這種一吃就知道是出自他之手的……『大叔麵包』的感覺是不是超棒？」

「這真的就是大叔麵包的感覺！」

「還有，妳說話時可以不要用敬語。」

「好——那你們也叫我優花就好。」

「沒問題。」

我們在高台上吹著風，一起坐在長椅上吃鮮奶油麵包。

「對了！」成美突然想到，「星月，妳可以從這裡回天堂嗎？」

星月聽了成美的問題，咬著麵包瞪大了眼睛。

「我都忘了這件事！」

「妳怎麼可以忘記？」

我又吐槽她，她笑著把剩下的麵包塞進嘴裡，不停地咀嚼著站了起來。

然後，她向前走了幾步，微微抬起下巴仰望天空，肩膀的線條鼓了起來。動作流暢地張開了原本折起的翅膀——

啪沙、啪沙哩。

空氣拍打著地面，青草拂動，聲音和風也撲到我們的臉上。

「喔喔……」

健吾和成美露出了震撼的眼神。這是他們第一次看到翅膀用力拍動。我相信他們第一次真實感受到女生的背上長了一對翅膀——真正的天使就在這個世界上這件事。

「…………好像不太行。」

星月委婉地說話時，繼續啪沙啪沙拍著翅膀。

「啊！」

聽到成美的聲音，轉頭一看，發現原本裝了鮮奶油麵包的塑膠袋飄向空中。

健吾站起來想抓住塑膠袋，和同樣想去抓塑膠袋的成美在至近距離相互靠近。

健吾立刻好像彈開似地倒退了一步，露出驚慌的表情，然後尷尬地抓了抓頭。

我踩住了在地面打滾的塑膠袋，大家都「喔！」為我鼓掌。

之後，我們又去了三島神社。

「妳竟然知道這種地方。」

坐在我旁邊的星月聽到我這麼說，一臉得意地豎起了大拇指。

我相信本地人應該也很少來這裡。

面對農田的這座神社有一條筆直的長石階，我、成美和星月三個人坐在最高的石階上。健吾在神社內散步。

「這裡很適合聊天。」

星月說完這句話，指向前方。

「關鍵就在那裡。」

因為在高處，所以可以眺望田野風光，但樹林的枝葉宛如一道簾子。

「這裡不僅風景好，而且剛好形成一道屏障，所以感覺很安心。」

「嗯。」

我也有同感。

「而且也很安靜。」

「嗯。」

其實之前就來過幾次。成美很喜歡這裡，有時候我們會在放學後來這裡聊天。

「星月，妳這樣不行喔。」健吾在我們身後用開玩笑的語氣說：「妳說話這麼親暱，小心成美會生氣。」

「啊！」星月也故意大叫了一聲。

「我說星月啊，接下來就讓兩個年輕人自己慢慢聊。」

「有道理。」

「不必！」

我慌忙制止準備離去的他們兩個人。

我覺得健吾有點貼心過頭了，成美也一臉為難的表情沒有吭氣。

「我剛才在廁所看到蟬的屍體，大家一起去看吧？」

所有人都拒絕了他的提議。

我們決定配合健吾棒球社訓練休息的日子，每個星期活動一次。

隔週，我們去參觀了生產今治毛巾的工廠。

當我們說明是為了寫社團報的文章時，工廠方面欣然同意我們入內參觀。

巨大的廠房內充斥著機器運轉的聲音。

許多工業機器以固定的節奏運轉的聲音，令人聯想到大船的機械室。

綠色塑膠地板的廠房內設置了好幾排毛巾的織機，每台機器上方都連著從天花板落下、呈扇狀張開的紗線瀑布。

紗線瀑布旁垂著好像蛇腹般折疊起來的棕色紙板，持續緩慢轉動。

「在天花板上動來動去的棕色紙板是什麼？」

成美問個子高大的廠長。

「靠那些紙板向機器發出命令。」

說著，他指著那些紙板說：

「你們看，上面不是有洞嗎？機器讀取那些訊息後，就按照這些指令運轉。」

「是不是叫打孔卡？」

我問。

「我記得以前的機器有這種東西。」

「沒錯沒錯，新的機器就沒有這種東西，如果想要織其他圖案時，就要換上其他的紙板。」

成美拿出手機拍照。我也對著機器拍照。

紙板在液晶螢幕中持續轉動。

「好厲害。」

健吾小聲說道。

目前仍然持續使用這種技術，的確讓人有新鮮的驚奇。

「這就是織出來的毛巾。」

低頭一看，看到了剛織出來的毛巾。

「機織的要領就是把緯線穿進經線內，不停地織出毛巾。」

「會不會有點像鶴的報恩這個故事的情節？」

「沒錯沒錯，機器會自動織毛巾。」

織棒像弦樂器般在等間隔拉直的經線上震動，漸漸變成毛巾，有點像印表機列印照片時的感覺。

成美專心拍照，廠長問：

「要不要摸摸看？」

「可以摸嗎？」

「可以啊。」

成美聽了廠長的回答，把手指輕輕放在毛巾上。

「……啊，好柔軟……」

她心曠神怡地嘀咕著，似乎情不自禁發出了這樣的感嘆。

我也伸手摸了一下，的確很柔軟。乾爽而蓬鬆的感覺，一摸就知道比平時使用的毛巾高級多了。

「……啊，好柔軟……」

健吾模仿成美的語氣說道，被成美瞪了一眼。

我發現星月沒有和我們在一起，立刻開始找她。

找到了。

她在廠房深處，怔怔地看著毛巾完成的樣子。

我走過正在監視機器運轉的工人面前，走到她身旁。

「怎麼了？」

「啊，嗯……」

她難得有這麼不明快的反應。

她的雙眼緊盯著逐漸織出來的毛巾。

「原來毛巾是這樣織出來的。」

「是不是超厲害？」

「嗯。」

「摸起來的感覺很棒。」

她轉頭看著我。

「妳有沒有摸？」

她搖了搖頭。

我把指腹放在毛巾上，輕輕摸向右側。

「妳來摸看看。」

她輕輕點了點頭，像我一樣把手指放在上面。

「是不是很棒？乾爽又蓬鬆，不愧是享有盛名的今治毛巾，品質超好。」

嘶——機器的嘈雜聲中，我好像聽到了吸鼻子的聲音。

她的臉微微動了一下，不知道為什麼，看起來像是帶著即將流淚的濕度。在我還來不及產生疑問之前——

她的側臉。

從額頭到鼻子，從薄唇到尖瘦下巴的線條。

她那對濕潤眼眸水汪汪的黑色和光澤。

我突然覺得這一切太美了。

她察覺了我的視線，笑了笑說：

「……啊，好柔軟……」

她模仿了剛才健吾模仿成美的語氣。

雖然知道她在掩飾什麼，這種時候也可以搞笑的機靈像風一樣襲來。

「成美，他們也在模仿妳。」

「才沒有呢。」

健吾和成美聊著天，走過來和我們會合，我們四個人繼續參觀工廠。

星月很順利地融入了我們三個人，自然而自在的關係甚至讓人覺得以前好像就是這樣。

3

『今治毛巾工廠探訪記』

『富士購物中心 Mister Donut實在太強大的問題』

筆電的螢幕上顯示了報導內容的大綱。

我們正在社團活動室編輯社團報。

「放這幾張照片嗎？」

「嗯。」

我和成美像平時一樣坐在一起，操作著編輯軟體。

「喔喔……」

星月從身後探頭張望，直接表達了感嘆。

「好厲害，真的像報紙一樣！」

傳入左耳的聲音，和她就在身旁的感覺讓我全身都感到輕飄飄，就像是灌滿了春天空氣的氣球一樣。

「只是用編輯軟體製作而已。」

「我對這些一竅不通。」

和她隨口閒聊的內容就會讓我興奮不已。

自從上次去工廠參觀後，我就一直處於這種狀況。

「妳要不要試試？」

然後，我總是假裝沒事的樣子。

「會不會我一碰就砰地爆炸！」

「妳是活在昭和年代嗎？」

吐槽她時的感覺，就像發現了漂亮的小石頭般興奮不已。

我站了起來，示意星月坐下。

「妳先選取標題的文字，點選後在下面……妳有玩手機，應該知道吧？」

「像這樣嗎？」

「對，然後就可以變化不同的字型。」

「哇，字型改變了！喔。」

她看著不斷改變的字型，時而發出「喔」的嘆息聲，時而笑了起來。她的聲音，她的側臉都無比耀眼。

嘎啦啦。

有人用力打開了拉門。

「喔，你們正在忙啊。」

身穿球隊制服的健吾走了進來。

今天棒球隊雖然要練球，但他總是不時抽空來看我們。

「星月，妳在幹嘛？」

他把臉湊到星月旁看著螢幕。

「我在學電腦。」

他們說話的語氣已經不像以前那麼客套。

「『今治毛巾工廠探訪記』啊。」

健吾朗讀標題後笑了笑問：

「借我一下？」

他探出身體，開始在筆電上打字。他的肩膀碰到了星月，我的內心隱隱作痛。

健吾在標題旁加了一句話：

『今治毛巾工廠探訪記　～啊，好柔軟～』

星月噗哧一聲笑了起來。

「……啊，好柔軟……鬆鬆軟軟～」

健吾的模仿已經完全脫離了原型。

「軟軟的——」

星月立刻張大嘴巴，身體向後仰。她沒有發出聲音，但笑得上半身都不停顫抖。

「……對、對不起……美美，對不起。」

星月在向成美道歉的時候，仍然笑得喘不過氣。

健吾的搞笑竟然可以把她逗得這麼開心，讓我覺得很不甘心，又有點著急，絞盡腦汁思考著逗她笑的方法。這時，我不經意地移動視線——

我和成美四目相對。

成美立刻移開了視線，好像只是剛好瞥到我。

我突然發現，在這一刻之前，我完全沒有看成美一眼。

「別鬧了。」

成美逐一刪除了健吾打的字。

4

我把腳踏車停在神社前。

社團活動結束後，成美約我來三島神社。

鎖上腳踏車後，成美走在前面。走到鳥居前轉頭看了過來，用眼神催促我。

我也鎖好了腳踏車，無奈之下，急忙追了上去。

經過神社前成對的神獸狛犬，來到神社內長長的石階前。

今天是我期待的漫畫最新一集發售的日子，我原本不想來神社。雖然我這麼告訴成美，但她仍然堅持要來這裡。她很少這麼堅持。

我走上石階時，試探著問她：

「怎麼了嗎？」

但是，成美悶不吭氣，假裝沒有聽到。

我們默默地走在石階上。

……好長。

為什麼？今天這種感覺特別強烈。還是因為我想趕快去書店？

「對了，」成美突然開了口，「我們從來都不牽手。」

「啊……嗯。」

因為我覺得她說得對，所以就這麼回答。

成美沒有再說話，走上了石階。

所以我也不發一語，繼續往上走。

終於來到最上面的石階。

小小的神社座落在狹小的院落內。

我們轉過身，坐在石階和神社院落交界處。

眼前是一片農田和柏油道路的景象，正如星月之前所說，枝葉形成了自然的屏障。

我沒有想說的話，所以怔怔地看著眼前的景象。

「昨天，」

成美像往常一樣，開始聊一些沒有重點的話。

我不時發出「喔」、「是喔」的聲音附和。

「——就是這樣。」

「是喔。」

我克制著想要拿出手機看時間的衝動。

這時，我發現我們之間談話的溫度消失了，空氣恢復了原來的透明度。這是令人感到不安的寒冷。

我準備回頭看成美的瞬間——

有什麼東西撞了過來，我的身體用力搖晃了一下。

我完全不知道發生了什麼事。

甜美的香氣掠過鼻尖。

綁著馬尾的黑髮出現在眼睛下方。

成美抱著我。

我怔怔地感受著她的額頭靠在我肩膀上的硬度，完全說不出話。

她突然抬起頭。

「呃。」

我忍不住發出這個聲音後，柔軟的東西壓在我的嘴唇上。

接吻。

我感受到吹彈可破的皮膚彈性和笨拙地碰到門牙的感覺。

這不是我第一次和成美接吻。不，是第一次？我因為太驚訝，記憶變得混亂。

這時，她拉住我的手臂，身體更貼近我。渾圓的東西壓在我的手肘至側腹的位置。

因為驚訝而麻痺的感覺變得清晰，我清楚認識到眼前發生的狀況。

是胸部。我正在和成美接吻，而且她的胸部、她豐滿的胸部貼在我身上。

我的腦袋幾乎快融化了。甜美的柔軟感覺直衝腦部，我的腦袋發熱，臉頰也發燙，心臟膨脹，意識一片空白，好像有什麼東西快衝出去了。

我在這種夾縫中找回了冷靜，意識到恐懼——

我立刻抽離身體，離開了成美。

成美瞪大了眼睛。

我聽著耳朵深處的劇烈心跳，露出應該很緊張的表情問：

「……為什麼突然這樣？」

瞪大雙眼的成美眼神顫抖了一下，似乎受了傷。

我擔心自己是否做錯了什麼，成美面無表情地低下了頭。

「……沒事。」

我還來不及發問，成美就站了起來，一口氣衝下石階。

成美騎上停在鳥居前的腳踏車離開了。

我面對了自己體內殘留的熾熱帶來的疼痛。

那像是火熄滅後燒紅的木炭發出無處可去、猶如牢獄般的熱量。

我彎下背，喘著氣，用力咬緊牙關，用力縮著腳趾，克制著在體內奔竄的衝動。

「……媽的！」

我極度討厭這樣的自己。

5

深夜，我想起自己忘了今天發售的漫畫。

一旦想起這件事，就忍不住想要尋找刺激分散眼前的注意力，我立刻衝出了家門。

我在暗夜騎著腳踏車。商店街的書店早就關門了，所以我去了便利商店。因為那是很受歡迎的漫畫，便利商店應該也有。現在剛好想在外面多繞一下，所以正合我意。

碼頭沒有人影，浮標和建築物的燈光緩和了夜晚的大海散發出的原始可怕感覺。寬闊的視野讓我鬱悶的心稍微有了些許解放的感覺。

經過大海後，看到了打上燈光的今治城和全家便利商店。

星月在那裡。

她坐在全家牆壁前燈光勉強照得到的地方。

當我發現她的瞬間，內心的霧靄頓時煙消雲散。我用力踩著腳踏車的踏板。

「妳在這裡幹嘛？」

星月眨著眼睛，抬頭看著騎到她面前的我。

「喔，你好啊，你又來這裡幹嘛？」

「我來買東西。」

「我正在享受超讚的閒逛。」

「…………」

星月一臉若無其事的表情。我之前也曾經聽她這麼說，當時覺得她是天使，所以並沒有問題。

但是——

「……這樣不是很危險嗎？」

現在忍不住忘了這些理由，為她獨自在街頭閒逛一整晚感到擔心。

「萬一出了什麼狀況怎麼辦？」

「沒事啦。」

「怎麼會沒事？」

但是，她並沒有地方可以過夜。

——對了。

我想到一個好主意。

「既然這樣，要不要來我家——噗！？」

她的翅膀打在我臉上。

「你剛才是不是想說：『要不要來我家住？』你這個色胚！」

「才不是呢！我只是在為妳擔心！」

「有女朋友的人不可以說這種話。」

星月雖然用開玩笑的語氣說話，但可以感受到她劃清界線的明確意志。

這個界線令我產生了難以形容的痛苦。

她手撐著地面站了起來。

「那就明天見。」

「妳要去哪裡？」

「我有可以過夜的地方。」

「在哪裡？」

「秘密基地，是安靜的好地方。」

星月說完，準備轉身離開。

「我送妳。」

我不加思索地說。

「因為太危險了。」

我內心覺得這是藉口。

我擔心她的安全並不是謊言，但最重要的是——我希望可以延續和她在一起的時間。

星月抬起視線，似乎在思考該怎麼辦。

「那你只要送我一段路就好。」

我極力爭取，簡直有點滑稽。

「……那我送妳到車站。」

她笑了起來。

我內心充滿了輕鬆的空氣。

她看著我腳踏車的貨架。

如果我載她，轉眼之間就到車站了。當我想到這件事後對她說：

「我們走路過去。因為天黑了，很危險——而且妳會突然啪沙啪沙拍翅膀。」

「我才不會。」

「不，妳會，而且會一邊拍翅膀，一邊呵呵大笑。」

我無法阻止自己耍嘴皮子。

她生氣地嘟著嘴。

我覺得這樣的對話是世界上最開心的事。

碼頭旁有一整排小船隨著海浪搖曳。

小船搖曳時，擠壓著為了防止船隻相碰而放在小船之間的保麗龍浮體，發出吱吱、吱吱的聲音。

「聽起來好像海鳥的叫聲。」

走在我身旁的星月小聲嘀咕。她看起來有點蒼白的圓臉浮現在夜晚的大海背景中。

我推著腳踏車，和她一起走進夜晚的路上。

真希望這個時間永遠持續。我發自內心這麼想。

為什麼會有這種想法？

這時，我突然想到傍晚和成美在一起時的心情。

去神社的路上，我就滿腦子想著新上市的漫畫，和她一起坐在石階上時，她和我說話時，我都想著可以趕快結束。

——完全不一樣。

和成美在一起時，從來不曾有過像現在一樣的心情。

「新海。」

「……嗯？」

「社團報看起來很有趣。」

「是嗎？」

「嗯。」

即使這種無關痛癢的對話，也讓我覺得開心不已。

「我們執行了很多任務。」

「對啊。」

「第一次騎車去了島波海道。」

「那次真的很猛。」

「感覺有神明存在。」

「的確好像有。」

「還和美美、越智一起去了市民森林。」

「還說蓮花很詭異。」

「麵包的塑膠袋被風吹了起來。」

「然後又去好客家庭餐廳閒聊。」

「還去參觀了毛巾工廠。」

「妳當時為什麼差一點哭？」

「我想應該是有人在聊我的事。」

「為什麼這樣就要哭？」

「因為在平成年代就是這樣啊。」

「聽不懂妳在說什麼。」

我們一起笑了起來。

一輛小型車車頭燈的燈光迎面接近。

「新海，小心車子。」

她抓住我的襯衫，把我拉向內側。

「沒事啦。」

車子發出好像白噪音般的聲音接近——然後駛了過去。

星月緩緩鬆了手，我暗暗小鹿亂撞。

「……在執行任務時，經常有一種奇怪的感覺。」

「奇怪的感覺？」

「覺得之前好像也發生過相同的事。」

「妳是說似曾相識的感覺嗎？」

「嗯。……新海，你不會有這種感覺嗎？」

她轉過頭，微微偏著頭看著我。她的這個動作令我有心動的感覺。

「……沒有啊。」

「有啦。」

「就沒有嘛。」

我們經過銀座商店街入口。

因為這一側是終點的關係，蒼白空曠的拱頂商店街就像是鐵捲門街，深夜的此刻散發出令人不安的空虛。我沒有走進商店街，而是走向後方的大馬路。

快到車站了。

「是喔。」

星月不經意地嘀咕了一句。

然後就像鮮花枯萎般，很自然地低下了頭。纖細的脖頸隱約可以看到骨骼。

為什麼——？

這個瞬間，覺得她的身影異樣地虛幻。

她是不是會消失？這種感覺掠過腦海。她早晚會離開的這個事實第一次真實地呈現在眼前。

沒錯。她是天使。

任務一旦成功，她就會回天堂——

前一刻滿足的幸福感頓時消失，焦躁侵蝕了我的全身。

「…………妳的任務，」

我開了口，她轉頭看著我，我立刻避開了視線。

「非成功不可嗎？」

我發出的僵硬聲音滑過夜晚的空氣。

「妳非回天堂不可嗎？有這樣的規定嗎？」

這時，我清楚意識到自己的心意。

大馬路宛如陷入了沉睡，橙色的路燈寂寞地亮著。

身旁完全沒有任何動靜。

我忍不住轉頭看著她——星月面帶微笑。

她露出了我之前從來沒有見過、難以形容的眼神。

「嗯。」她明確回答，「這個任務絕對要成功。」

她帶著強烈意志的尖銳輕輕撕裂了我的心。

這將會像割傷的傷口般，在接下來很長一段時間都會隱隱作痛。

原因很簡單。

因為我喜歡星月。

6

星月優花在車站前和他道別後，獨自走在街上。

她走向每天晚上必定會去的地方。

走過車站，可以看到成美家的麵包店就在馬路旁。

旁邊是專賣今治毛巾的零售店。

毛巾店已經打烊了，優花站在和麵包店之間的狹小通道上——

她抬頭仰望著二樓的窗戶。

窗戶內亮著燈，顯示她的父母還沒有上床睡覺。

這裡是優花的家。

但是，她現在無法回家。如果她走進家門，爸爸和媽媽會露出看到陌生人闖進家裡的表情。

因為他們已經忘記了優花的存在。

不光是父母。

優花目前已經『被這個世界遺忘』了。

其實，成美、健吾——還有新海良史都是她從小學三年級的時候經常玩在一起的玩伴。

當時，優花身上並沒有天使的翅膀。

優花在那裡站了一會兒之後就離開了。

她按照每天走的路線，走向過夜的地方。

三島神社。

走過兩隻狛犬之間，經過鳥居，走在長長的石階上。

每次走上石階時，都會回想起和良史兩個人一起走在石階上的那一天，回想起充滿閃亮幸福的那段遙遠的日子。

來到石階頂端，就可以看到院落內有一座小神社。

只有微弱燈光的昏暗中——熟悉的惡魔等在那裡。

惡魔的外表是一個瘦小的男人。

這個中年男人皮膚曬得黝黑，身上有很多毛，瞪著眼珠子。

他一看到優花，立刻咧著嘴，露出野獸般的笑容。優花每次看到他都覺得，包括髮型在內，他長得和入口處的狛犬一模一樣。

「辛苦了。」

惡魔親切地對她說。

「……你來幹什麼？」

「當然是來向妳打招呼啊，這是給妳的伴手禮。」

他的手上拎了一個和菓子店的紙袋，手腕以下的部分——一片漆黑。

那並不是用染料染成的黑色，而是空洞的黑暗。世界在那裡撕裂，可以看到後方空洞的魔境輪廓。

他是如假包換的惡魔。

「這家店的御手洗糯米丸很好吃。」

他的全身散發出讓人無法信任的氣場，無限接近可疑人物的——另一種動物。這種些微的不協調非常可怕，讓人冷到骨子裡。

優花站在原地不動。他閉上了嘴，藏起了原本露出的牙齒，把紙袋收了回去。

為什麼整個世界的人都忘了優花？

這件事和與這個惡魔之間締結的『契約』有關。

優花用自己的靈魂作為擔保，希望實現她渴望的奇蹟——這是她和惡魔之間的豪賭。

優花的存在因為這份契約的力量消失了，如果她想在這場賭局中獲勝，前提條件就是必須恢復她的存在，也就是別人想起優花這個人。具體的內容就是——

『新海良史必須在三十天內想起星月優花。』

如果輸了，她的靈魂就屬於惡魔。

優花不惜付出這麼大的代價想要實現，渴望實現的奇蹟就是——

……

希望車禍身亡的新海良史可以重生。

你，還記得我嗎？

Her grace, his grace.

天使は奇跡を希う

第四章

很像瑪瑙

1

星月優花是愛媛縣今治市一家毛巾店的女兒。

她從小不愛吃飯。

不知道為什麼，優花在小時候不喜歡吃東西，即使媽媽叫她吃晚餐，她也會反抗說：「剛才已經吃過午餐了。」

她很文靜，個性消極，是個愛哭鬼。

但她也有機靈的一面，在廟會時看到和她年紀相仿的女生穿著可愛的洋裝參加遊行時，就嚷嚷著：「優花也想去那裡。」

優花個性消極，自我意識很強。她不太合群，但有一個好朋友。

那個好朋友就是隔壁麵包店的成美——美美。

一方面因為是鄰居的關係，在懂事之前，她們就整天玩在一起。

上了小學之後，每天放學後也都一起玩。每天回家放了書包之後，就去美美的房間已經成為她的習慣。

點心時間都會吃美美家店裡的麵包。優花很喜歡吃美美家的麵包，最喜歡吃店裡最受歡迎的鮮奶油豆沙夾心麵包。美美也常吃那款麵包。

每天早晨醒來，就可以聞到隔壁飄來烤麵包的香味。

因為她和美美的房間窗戶相對，中間只隔了一條窄巷，所以那時候經常打開窗戶相互道早安。

有一天，麵包的味道實在太香了，她忍不住說：「美美，好羨慕妳每天都可以吃剛出爐的麵包」，沒想到美美立刻送麵包上門，結果就在優花家一起吃早餐，優花的媽媽為她們泡了牛奶咖啡，兩個人說著「真好吃」、「好鬆軟」，一起吃剛出爐的鮮奶油豆沙夾心麵包。

所以，對優花來說，烤麵包的味道就是美美的味道，那是個性善良又精明，美食家美美的味道。

讀小學三年級時，班上來了一個從東京來的轉學生。

「我叫新海良史，請大家多指教。」

他站在黑板前自我介紹時，渾身散發出在不同環境下成長的不同氣質，優花覺得很帥氣。

班上轉來一個從東京來的學生，所有同學都很興奮。下課之後，大家都圍在他的課桌周圍，七嘴八舌地問：

「你去過迪士尼樂園嗎！？」

「東京也流行《航海王》的漫畫嗎？！」

他有點靦腆，但還是很有禮貌地回答了每一個問題。

優花豎起了耳朵，但並沒有加入。

——我和他們不一樣，我和他完全平等。

她虛張聲勢地故作平靜。

「我們來舉辦歡迎會！」

在男生中很有發言權的健吾提議。

因為是很受大家歡迎的健吾提出的建議，再加上要歡迎從東京來的轉學生，所以大家立刻表示贊成，當天除了去上補習班和才藝班的同學以外，所有同學都去了健吾家。

因為良史剛好快生日了，所以變成了歡迎會兼生日會。

「新海，生日快樂！這是給你的禮物！」

「謝謝。」

班上的同學輪流送禮物給良史，他向每個同學道謝。

優花看著其他同學，忍不住感到憂鬱。原因就在於媽媽叫她帶的生日禮物。其他同學都送良史口袋寶貝、航海王的文具或是圖書券，優花覺得每一件禮物都閃閃發亮，和自己帶來的禮物大不相同。

優花躲在房間角落，把大紙袋藏在身後，努力不引起任何人的注意。她希望這麼一來，大家都忘記她，捱過送禮物的時間。

沒想到，美美發現了她。

「優花，妳怎麼了？」

「只剩下星月還沒送禮物？」

健吾也沒忘記她。那一刻，優花覺得健吾這種成熟的細心周到很煩。

「……美美，我不想送。」

「沒關係啦。」

美美知道優花帶的是什麼禮物。

「新海絕對會感到很高興。」

雖然美美這麼說，但優花無法相信。

「來吧。」

美美牽著她的手，走到良史面前。這比輪到自己打針討厭十倍。

他看著優花手上的紙袋。

「…………」

「優花，快啊。」

只能把禮物交出去了。

「…………給你。」

優花帶著絕望的心情遞上禮物。

「謝謝……」

受到優花情緒的影響，他的表情也變得很慎重。

空氣變暗，室內充滿了緊張。

「我可以打開看看嗎？」

優花看著地上，點了點頭。

他從紙袋中拿出盒子。那是一個白色蛋糕盒。

「……蛋糕？」

優花沒有回答他的疑問，美美說：

「你打開看看。」

「嗯。」他回答後，打開了盒子。其他同學也都看著他。優花的心跳加速。蛋糕盒裡裝的是——

「……這是什麼？」

優花很希望自己馬上消失。

那是用毛巾做的蛋糕。

白色的毛巾捲成筒狀，看起來像是鮮奶油的海綿蛋糕，上面放了草莓的裝飾，包裝成蛋糕的樣子。

媽媽舉辦兒童會的活動時總是活力充沛，是沒有人不認識她的名人阿姨。媽媽堅持說：「新同學絕對很喜歡！」硬是要優花帶這個禮物。

但是，優花覺得很丟臉。因為優花每天都看到毛巾，毛巾根本毫無趣味，而且直接用店裡的東西送禮感覺很寒酸。她覺得家裡很窮，連送同學禮物的錢也要省，為此感到很悲哀。

「感覺好厲害。」

他表達了感想。

優花抬起頭，發現他好奇地看著毛巾蛋糕。

「這是毛巾嗎？」

他問。

「嗯……我家是毛巾店。」

「你聽過今治毛巾嗎？」

美美在一旁插嘴問。

「嗯，我聽說過，好像很有名。」

周圍的同學都發出「喔」的聲音。

「原來連東京人都知道，太了不起了。」

健吾說。

「小優家就在賣今治毛巾。」

他聽到美美這麼說，露出感嘆的表情說：

「太厲害了。」

優花沒想到從東京來的轉學生會對自己這麼說，不知道如何是好。

「你摸摸看，手感很好。」

健吾說，他用指尖摸著白色毛巾。

「真的欸，摸起來很乾爽。」

優花差一點哭出來。

他看著優花問：

「要送我嗎？」

優花點了點頭，他開心地露齒一笑說：

「謝謝。」

優花感覺那一刻好像有一股快樂的風吹過。

2

之後，她就和良史——良良成為好朋友。

再加上美美和健吾，四個人很自然地成為好朋友，經常玩在一起。

有時候玩老鷹抓小雞，有時候一起打電動，還曾經一起去忠靈塔試膽子。他們曾經在碼頭的燈塔看到高中生的情侶接吻，忍不住臉紅心跳。

優花也經常和美美一起玩。

只有她們兩個人的時候，她們曾經用店裡的烤箱烤餅乾，鄰居家的漂亮姊姊曾經幫她們綁頭髮，教她們寫功課。基本上都是去其中一人的家裡玩。

太陽下山，各自回家後，也曾經用紙杯電話聊天。

在相對的兩個窗戶之間拉一條白色的線，然後把紙杯放在耳朵上，就可以聽到對方的聲音。這種神奇的感覺令人興奮不已。

『好想在一起多玩一會兒。』

在小小的傳聲筒內聽到美美的聲音時，優花有一種癢癢的感覺。

優花也回答：「對啊。」美美也好像被人搔癢似地笑得很開心，兩個人都興奮地跺著腳。

良良很調皮，很喜歡嗆人，笑起來的樣子很可愛。

「優花。」

他叫優花的名字時，好像在說外國人的名字。優花也很喜歡他叫自己的聲音。

「……良良。」

優花喜歡良良。

每天的生活都快樂無比。

什麼都不用想，每天都充滿了歡樂。轉眼就結束的每一天慢慢累積成歲月。

優花小學三年級到四年級期間像樂園般的日子，是孩提時代的完美寫照。

沒想到，這樣的日子突然結束了。

良良要回東京了。

雖然優花表現得和害怕寂寞的美美、健吾一樣，但她覺得簡直就是世界末日。

然而，她無能為力。

有一天，她和美美兩個人在房間時，美美問她：

「妳不打算告訴新海嗎？」

美美果然發現了。優花這麼想著，點了點頭，腦袋變得異常沉重。

在他搬家的前一天，優花發現他的名牌掉在走廊上。

她撿起來後走回教室，打算叫已經回到座位的他。

但她突然住了嘴。

然後什麼也沒說，把他的名牌悄悄放回了口袋。

放學會的歡送會上，優花也因為罪惡感不敢正視他的臉。回到家之後，在暮色籠罩的房間內看著他的名牌，晚上抱著那個名牌睡覺。

這是她唯一能做的事。

隔天，她和美美、健吾一起去他家為他送行。

優花他們揮手道別。

車子轉過街角，消失不見了。

他離開了今治，回東京了。

❖

「老實說，我搞不懂。」

凌晨四點多，惡魔的聲音迴響在神社內。

他黑色的手仍然拎著御手洗糯米丸子的紙袋。

「妳為什麼要為他做到這種程度？」

「…………」

優花坐在石階上，不理會惡魔。

惡魔經常來找她，和她聊一些無關緊要的事，等到日出才離開。雖然惡魔說這是重要的工作，但優花覺得那些聯絡事項兩分鐘就可以解決。她痛恨自己目前完全不想睡覺的身體。

「我當然調查了妳和新海的過去，但妳應該很清楚，一旦妳在這場賭局中賭輸了，妳付出的代價遠遠比死亡更加痛苦。」

如果他無法在三十天內想起優花，惡魔就會拿出優花的靈魂加工，永遠變成惡魔的鑑賞品。

「我真的搞不懂。」

——你不必懂。

「不，正因為這樣，所以我認為很出色。」

最後補充的這句明顯的奉承話聽起來很不舒服。

她不希望有人只憑著調查一下過去的事，就可以體會他對自己的意義。

因為只有自己能夠決定回憶的價值。

對優花來說，和他之間的回憶就像是照亮身處谷底的自己，溫暖自己的陽光。

3

上了中學後，優花完全無法融入班上的同學。

最大的原因，就是她對家鄉、對今治這個地方的厭惡。

自從良史離開後，這種厭惡就漸漸萌生。中學二年級的春天，她參加了當地互助會的活動，在去伯方島烤肉的途中完全爆發了。

她隔著車窗，眺望著島上的景象。

道路旁有不少廢棄屋，髮廊貼著已經褪色的外國海報。

——今治太落後了。

她忍不住想道。

然後突然感到很丟臉。

她也清楚記得當時的烤肉有多難吃。

不光是島嶼，被認為是今治市中心的地方，從頭到尾只要騎腳踏車就可以走透透，玩樂的地方也有限，一切都讓人窒息，讓人感到無趣。

這個地方簡直就像牢獄。

優花毫不掩飾內心的這些想法。

升上中學後，她和成美在不同的班級，優花和坐在旁邊的女生加入了同一個小團體，週末去商店街附近的咖啡店吃午餐。

這一帶很少有這種感覺很時尚的咖啡店，小團體的大姊頭約大家在那裡吃飯。來到這種裝成熟的地方，大家都有點緊張。打量店裡的裝潢和餐盤的裝盤，都忍不住發出興奮的驚叫聲，優花卻說：

「這裡能和東京相比嗎？我在網路上看到東京的澀谷或是表參道之類的地方，咖啡店都超美。」

「喔喔，是啊。」坐在她對面的女生滿臉堆笑附和著。

「料理看起來也超可愛，味道應該也很棒。這裡畢竟只是今治，哪能和東京——」

「別說了。」

大姊頭的女生滿臉不悅地說，之後，大家很快就解散了。

回家的路上，在公車站看到的大嬸長得很像魚，優花覺得果然是因為住在海邊的關係，心情更沮喪，也更加煩躁。

「……像魚一樣。」

那個大嬸走過去後，她忍不住小聲說道。她對一切感到厭惡。

優花在班上完全被孤立了。

但是，班上的同學並不是把她當空氣不理不睬，她散發出厭惡家鄉和家鄉的人那種渾身帶刺的感覺令人討厭。

所以，她成為不良少女攻擊的目標。

她以為自己很了不起嗎？那些女生見到她就狠狠瞪她，故意在她面前咂嘴。

通常女生遇到這種事會心生畏懼，事情也就結束了，但優花個性很強，表現出「我才不怕呢」的對抗態度。

這一點讓她惹上了麻煩。某天第六節課結束後，一群人圍在她的座位旁說：

「妳在跩什麼？」

她還來不及反駁，就被一把揪住頭髮，臉撞到了課桌。

平時從來沒有體會過這種暴力帶來的疼痛，她腦筋一片空白，這才發現自己闖了大禍。

而且，班上這些不良少女和其他班的不良少女成群結夥，也就是說，這一大票人都把優花視為敵人。

最後，優花……只能向她們道歉，然後加入了她們。

但是，她和那些不良少女相處時的地位當然就不用說了。

「我今天買了布丁，大家要不要一起吃？」每次吃營養午餐時，都必須買點心請客，討好那些人。

但是，這樣並沒有解決問題。

在那個小圈圈內，隨時都有人要扮演「被欺負的角色」。通常每兩週會換一個對象，優花當然也不可能倖免。

起因往往是一些雞毛蒜皮的事，比方說，在上體育課打籃球時太活躍可能會引起「好噁心」的非議。

一旦惹她們不高興，就必須在教室角落跪地道歉。

「妳是什麼意思？」

「……對不起，我下次會注意。」

「我們是朋友，不是朋友嗎？那不是朋友的行為吧？」

「是啊，我們是朋友。」

莫名其妙地被迫道歉，嘴上還要說和她們是「朋友」，為了避免繼續被欺負，只能巴結她們。

久而久之，優花經常請假不去上課。最後……

她開始拒學。

4

放學後，成美像往常一樣來家裡找優花。

優花背對著成美躺在床上。

「我帶了麵包。」

成美坐在床上，隨著床墊的搖晃，可以感受到微風吹拂，其中有成美帶來的戶外空氣，立刻感受到整天開著暖氣房間內的空氣很混濁。

「一起吃吧。」

「……我想吃冰淇淋。」

優花緩慢地回答。

「沒有冰淇淋。」

成美說完，打開了紙袋。隨著打開紙袋卡沙卡沙的聲音後，又聽到了打開裝麵包的塑膠袋聲音。優花突然感到肚子餓，但她死也不願意開口承認。

成美開始吃自己的麵包。

優花的鼻子敏感地嗅聞到味道。成美那天剛好帶來了鮮奶油豆沙夾心麵包，優花聞到香噴噴的味道，終於——

她倏地坐了起來，什麼話也沒說，就把手伸進紙袋。成美也沒有說話。兩個人坐在一起吃鮮奶油豆沙夾心麵包。

過了一會兒，成美小聲地說：

「……第二學期結束了。」

優花拒學已經過了三個月。

成美從來沒有為這件事向她說教，數落她：「這樣不行」，反而為優花發生這種事之前，自己完全沒有發現感到自責。

「考高中的事，妳有什麼打算？」

成美把壓平的塑膠袋折了起來。

大家在學校可能都在討論這個話題。成美很聰明，應該會去讀第一高中。

「……我想離開今治。」

優花看著自己的腳尖。

她回想起不愉快的記憶。

在她拒學的第三週，班導師帶全班同學來家裡。

優花因為人情壓力而不得不走到店門口。那個男班導師發揮了無腦的耿直說：

『星月，大家都在等妳回來。』

他根本搞不清楚狀況，毫不懷疑自己很熱心，是個好老師。

那些不良少女就站在老師背後，露出乖巧的表情，但眼神深處帶著威嚇，同時也在嘲笑。

優花覺得必須在家門口面對找上門的同學簡直太悲慘了，覺得根本是懲罰遊戲。

你們這些人馬上給我統統消失——

消失吧。

「……全都是因為今治是鄉下地方。」

她的聲音充滿怨懟。

「如果不是這種鄉下地方，我就不會討厭這裡。因為這裡是鄉下地方，才會有那些無腦的不良少女，東京一定沒有這種人。繼續留在這種地方，絕對會墮落。」

成美停頓了一下，似乎在斟酌措詞。

「這樣批評自己出生的地方不太妥當。」

「我說的是事實啊。」

她的聲音中帶著刺。

「美美，妳到底覺得這種地方有什麼好？根本一無是處。什麼？毛巾？串燒？噗，也太落後了。我喜歡東京，我要去東京。」

成美之前始終維持著對不愉快的話充耳不聞的表情，這時突然露出憐惜的悲傷眼神。優花忍不住一驚。成美說：

「妳不要再對新海念念不忘了。」

優花頓時火冒三丈。

渾身的血液都衝到臉上，腦袋深處似乎產生了縫隙，她的心都涼了。

一切都發生在轉眼之間。

她感受到被人窺探到內心秘密的羞恥。

「我就是討厭！！」

她無法克制想要抹滅一切的衝動。

「我討厭昏暗的商店街！也討厭貼了過時外國海報的髮廊！討厭生鏽的房子！討厭陰天的傍晚天空壓得很低！討厭風平浪靜的大海！還有碼頭和船！也討厭一臉傻樣說什麼『好棒』的觀光客……全都討厭死了！！」

她已經無法阻止自己失控的情緒。

「美美，既然妳這麼喜歡這裡，妳就一輩子留在這裡！在落後的今治，繼承落後的麵包店，每天早上都烤麵包！就像妳媽一樣！！」

她把吃到一半的麵包用力丟在地毯上。

她腦海中立刻浮現了「完了」的後悔。

當她回過神時……身旁的成美注視著被她丟到地上的鮮奶油豆沙夾心麵包。

成美的臉像紙一樣蒼白。

然後，她站起來的動作很僵硬。

成美走出了房間。

那天之後，成美再也沒來找優花。

優花整天躲在自己房間。

永無止境消沉的心、無處宣洩的憤怒都只能對著最親近的媽媽發洩。

媽媽在左鄰右舍眼中是活力充沛的大嬸，在家裡也很有活力，但面對女兒的情緒失控卻極其脆弱，在女兒面前變得畏首畏尾。

『……對不起。』

優花很討厭媽媽的這種態度，用更惡劣的態度對待媽媽。她無法克制自己在墮落的同時胡作非為。

雖然身處這樣的地獄，但她還是考了高中。

優花無法跨越現實的最後一道防線，不，應該說她的良知讓她在現實的最後一道防線前停下腳步。同時她也期待只要考上一所好高中，就可以離開那些不良少女。

然而，即使順利考上了高中，迎接了新學期……優花仍然無法去上學。

她已經失去了感覺。

就好像放棄很久的才藝，已經不知道該怎麼做了。以前不需要特別思考，就可以順利展開「學校生活」，到底是怎麼做到的？她不知道，也沒有自信。

好可怕——

即使盛開的櫻花飄落，優花仍然整天躲在自己房間內。直到春天的某一天……

他再度回到了今治。

5

優花以意想不到的方式，突然得知了這件事。

媽媽走進她房間說：「良良就在樓下。」

優花起初不知道媽媽在說什麼，終於瞭解狀況後，陷入了恐慌。她質問媽媽，為什麼他會出現在今治。她和媽媽之間已經很久沒有正常的對話了。

她從窗戶的縫隙向樓下張望。

他可能正在店內，所以看不到他的身影，但路旁停了一輛看起來像是他的腳踏車。光是看到腳踏車，就已經令她感到緊張——

就在這時，優花看到了他的身影。

他似乎只是信步走到店外，從正上方只能看到他頭上的髮旋和肩膀，完全看不到臉。

「——！」

優花立刻移開了視線，離開窗邊，屏住了呼吸。

血液在體內奔竄，整張臉都好像受到碳酸的刺激，身體失去了正常的狀態，對眼前的現實產生了極大的反應。她驚訝地發現，原來自己這麼喜歡他。她感到目瞪口呆。

「……怎麼辦？」

聽到媽媽的問話，她才終於回過神。

「呃、呃。」她結巴起來。雖然表面上顯得手足無措，無法做出判斷，但可以看到內心深處明確的答案。

我想見他。

但是，就在這時。

她從鏡子中看到了自己身影。

不知道從什麼時候開始，她完全不在意自己的外表。

就像第一次戴上眼鏡時一樣，她看清了以為自己之前就看到的事物真正的樣子。

慘不忍睹。

蓬頭垢面、邋遢的居家服裹著臃腫的身體，額頭和下巴長滿了青春痘。

之前去服裝店時，曾經發現自己身上那件很喜歡的衣服在鏡子中顯得很破舊。現在的情況更糟——

「……我不下去。」

優花說。

「但是——」

「我不去！妳叫他走……」

她的話還沒有說完，就忍不住哽咽了。

來不及了。一切都為時太晚了。

媽媽走出房間後，優花在被子裡哭了很久。

但是——

那天之後，他每天都上門。

每天放學後，他就騎著腳踏車上門，媽媽每天都會走進優花的房間告訴她：「良良來了。」從窗戶的縫隙中，可以看到他停在路肩的那輛銀色腳踏車。他離開時，都會抬頭看窗戶，優花總是慌忙躲起來。

優花為自己的身材走樣感到痛苦不已，但內心深處也漸漸湧現出甜蜜、興奮的感覺。他願意為自己堅持不懈。

不久之後，優花的耳朵越來越敏感，可以聽到腳踏車靠近的聲音和剎車的聲音，然後就是媽媽走上樓梯的聲音。雖然常常因為太期待聽錯了。

「良良給妳的。」

有一天，媽媽遞給她一封信。

她立刻接過信，動作迅速得連她自己都感到驚訝。那是用活頁紙折成四折、臨時寫的信，上面用自動鉛筆寫著：

『我還會再來。』

簡短的幾個字在優花心裡擴散，似乎聽到了他溫柔訴說的聲音，她差一點流淚。

那天晚上，優花採取了行動。

她在深夜偷偷溜出家門慢跑，開始保養皮膚，戒掉了零食。

她每天對著鏡子練習。

——咦？我好像滿正的？

終於有一天，深夜照鏡子時，產生了這樣的自信。

然後，她下定了決心。

要和他見面。

隔天下午，優花趁家人不注意時偷溜了出去，拿出一部分之前存的壓歲錢，搭了好幾站電車，去了一家髮廊，花了對心臟有不良影響的一大筆錢，剪了頭髮，還買了衣服。

半夜回到家，又趁家人不注意時一口氣衝回自己房間，準備迎接第二天。

然後她幾乎一整晚都沒有闔眼，迎接了第二天的到來。

那天是期末考試，優花猜想他中午之前就會來店裡，但越是等他出現，他偏偏遲遲沒有現身。優花長時間陷入緊張狀態，簡直快死了。

這時——聽到腳踏車的聲音慢慢靠近。

接著聽到了媽媽走上樓梯的聲音。

來了。

她握緊拳頭，心跳加速，下定了決心。

——我要去和良良見面。

房門打開了。

媽媽沉默不語。

優花感受到媽媽強烈的視線。她瞥了媽媽一眼，發現媽媽的大嘴用力抿了起來，似乎克制了想要說的話。然後說：

「……良良來了。」

優花回答：

「……我不去。」

她臨陣退縮了。

「什麼！？」

聽到媽媽突然大聲反問，她吃了一驚。

回頭一看，媽媽搖晃著像洋酒桶般的身體慢慢逼近，抓住優花的手臂，臉上露出很受不了的表情。

「妳趕快下去！」

「我、我不要！」

「妳把頭髮保養得這麼油油亮亮，還在說這種鬼話！！」

媽媽用力拉著她，她很久沒有感受到媽媽的這份堅強。

她走下樓梯，走進店內。

他——就站在店門口。

在他身上可以清楚看到以前的樣子。

只不過他長高了，臉部輪廓變小了，手腳也變長了。

他變成了一個高中男生。

可能因為優花傻傻地站在那裡，當她回過神時，發現媽媽走到他身旁，指著傻站在那裡的女兒，笑嘻嘻地說：

「你看看她，是不是正妹！」

媽媽的表情和動作，正是優花也很熟悉的名人阿姨。

他也露出懷念的眼神看著優花的媽媽。

6

裝了麥茶的杯子不停地冒汗。

兩個人在房間內面對面坐著，不知道為什麼，都端正地跪坐在那裡。

優花的腳麻了，才發現自己跪坐著，於是稍微移動了腳跟的位置。

「好像有點不一樣了。」

優花聽到他這麼說，忍不住嚇了一跳。

「……是嗎？」

「嗯，起初有點認不出來。」

這句話是什麼意思？應該是指自己的外表，但她產生了強烈的衝動，很想知道這到底代表正面還是負面的意思。前一天去了很貴的髮廊，自己現在的樣子應該很OK——

「良良……新海。」

「妳叫我良良就好。」

「好……良良。」

「優花。」

他的聲音經過耳道，在內心產生了回音。

帶著一絲微笑的叫聲令人充滿懷念。雖然他變了聲，但根源的音色和抑揚依然如故，又重新喚醒了過去的一切。

她覺得彼此的歲月好像一下子縮短了。

「我喝一口麥茶。」

「啊，喔。」

優花和他一起喝麥茶。原本打算喝一小口，沒想到口很渴。

窗外的蟬鳴聲變得模糊。

「良良，你……」

「嗯？」

「你為什麼回來今治？」

正在喝麥茶的他露出痛苦的表情。

「啊，如果你不想說——」

「不，沒關係。」

他放下杯子後，把事情的原委告訴了她。

他看到同學遭到霸凌，看不下去，動手打了對方，為此造成了他和父母之間關係不和，所以搬來祖母家——

「有點、意外……」

聽到優花這麼說，他尷尬地抓了抓脖頸後方。

「啊，但是也不意外……你之前就討厭別人作弊之類的事，像是遊戲的時候。」

「嗯……以前也許是這樣。」

「但有時候也很隨便。」

「是啊。」

他苦笑起來。

優花也跟著笑起來。

當氣氛漸漸輕鬆後，優花突然冷靜下來。

「……你有沒有聽說我的事？」

「聽成美說了。」

「……是喔。」

「聽說妳們現在的關係很尷尬。」

優花低下頭，代替點頭的動作。

「成美也很希望和妳和好。」

是嗎——優花覺得內心深處沉重的東西突然消失了。

「妳下次去找她，向她道歉。如果需要，我也可以在場。」

這一次，優花用力點了點頭。

不知道為什麼，自己很願意聽他的話。

正當她享受著這份宛如晴朗春天的舒服感覺時，他不經意地說：

「回到這裡後，我覺得今治是個好地方。」

優花的天空——頓時陰沉起來。

「……哪裡好？」

她的聲音低沉而動搖。

自己內心累積多年的嫌惡迅速化為言語吐了出來。

「良良，因為你是東京的人，所以才會有這種感覺，就像是覺得『鄉下地方真好』，因為你並沒有住在這裡。」

房間內頓時變得很安靜。

優花聽著冷氣機的聲音，在應該道歉，和沒必要道歉的夾縫之間搖擺。

「……對不——」

「我們出去。」

「啊？」

他好像臨時想到這個主意，一派輕鬆地說：

「我們去島波海道，不是有一座很大的大橋可以騎腳踏車上去嗎？我想去看看，所以我們一起去。」

「……現在？」

「現在。」

他猛然站了起來。

「走吧。」

「不行……」

優花有點混亂地回答。

「沒事啦！」

他露齒一笑，散發出宛如太陽的柔和光芒。優花感到困惑，他以前就是這種個性嗎？

她還來不及思考，就被他拉了起來。

「阿姨！」

他大聲叫著優花的母親。

於是，優花坐上了他的腳踏車。

他們沿著島波海道的指示線筆直騎向前，碰觸到他的後背時，不時感到臉紅心跳。

「《心之谷》中好像也有這一幕……！」

他在上坡道上用力踩著腳踏車踏板。

「我要不要下來？」

「沒關係！然後！阿雫和那個男生！那個男生叫什麼名字？」

「……聖司？」

「沒錯！我們現在就像阿雫和聖司！」

他顯得格外興奮。

隨著漸漸騎上坡道，可以隱約看到白色的來島海峽大橋。日常生活中難得一見的巨大感覺的確有點震撼。

「……超震撼！！」

從橋上看到的風景並沒有像他說的那麼震撼。

從小看到大的瀨戶內海仍然是風平浪靜，毫不起眼的大海。

「瀨戶內海和其他大海完全不一樣！無風無浪，好像一個巨大的湖泊，超新鮮的感覺。」

散布在海上的小島就只是小島而已，海岸邊的房子都是讓人聯想到「村落」的老舊寒酸房子。

「那個島上的房子超有氣氛！簡直就像是民間故事，或是電影中會出現的房子……好像一幅畫。」

扁平的貨船在被陸地擠壓的狹窄海面上來來往往，有點像是沾滿泥土，行駛在柏油路面上的翻斗車。

「我現在才發現，瀨戶內海隨時都可以看到小島和船隻。」

雖然是這樣。

但是——

「真不錯。」

優花感受到他發自內心說這些話時，忍不住高興起來。

好像真的不錯……好像自己漸漸有了這樣的感覺。

「感覺這裡好像有神明存在。」

「……神明？」

「我覺得日本神話中的景色，應該就是這種感覺。這片大海，這些島嶼，還有對面的山、房子和那艘船，都讓我有這種感覺。」

優花也似乎漸漸有了這種感覺。

和他一起看著相同的景象，覺得那片大海，那些島嶼，那些山、房子和船隻都不再只是老舊落後，而是別有一番風味。

這時，她突然覺得碧綠的海水格外鮮豔，難道是光線和剛才不一樣了嗎？……感覺像瑪瑙。

藍天白橋，色彩宛如天堂。

風中帶著一抹海水的味道。

騎過海峽後，他說要去龜老山瞭望台。

他不小心迷了路，騎到了像是汽車交流道的地方，被工作人員叫住了。

工作人員把他們叫去小屋前的空間，輪番數落說：「為什麼要做這種事？」「如果有車子，不是很危險嗎？」最後還拿出一張表格說：

『在這裡填寫姓名和地址。』

優花不由得感到害怕，沒想到工作人員說：『放心吧，並不會有什麼處罰。』

優花聽了，不禁覺得既然沒有處罰，為什麼要填寫這種東西。然後發現他似乎也有同感，於是感到格外安心。

填寫時，優花發現他故意把自己的名字寫成『新海良男』，於是也緊張地寫下了『星月由這個名字。他們看了對方填寫的名字，忍不住相互使了一個眼色。

搭觀光計程車上山時，他們笑著說：「剛才超緊張。」

山頂的商店內雖然有賣鹽冰淇淋，但因為兩個人都沒錢了，所以直接走了過去，一直爬上了瞭望台。

天空萬里無雲，可以遠眺一片藍色景象。

在一望無際的地平線和海平線的全景中，來島海峽大橋的全貌就像是模型，但還是可以感受到實際的大小，於是就覺得「原來我們剛才騎過那麼長的橋」，忍不住覺得自己很厲害。

站在瞭望台上，四處走動之後，他發現在防止跌落的鐵絲上掛了許多鎖頭。

「這是什麼？」

「聽說是一種魔咒。」優花說，情侶許願『可以永遠在一起』，然後把鎖掛在上面。

「鎖住愛情嗎？好搖滾的感覺。」

「應該吧。」

「太可怕了。」

「也許吧，但聽說現在已經禁止了。」

「如果大家都來掛，的確很傷腦筋。」

盡情欣賞了瀨戶內海的風景後，覺得差不多該離開了。

這時，優花突然靈機一動，可以用手指代替鎖掛在鐵絲上。

情侶把手指穿過鐵絲，然後把手指扣在一起。這樣就不會造成別人的困擾，而且感覺很浪漫。還可以拍照。以這片風景為背景，拍下兩個人手指的特寫，傳到IG上。對了，不要只是手指扣在一起而已，可以彎曲手指，做成心形。好棒。簡直太棒了。優花忍不住有點興奮。

「差不多該走了。」

他朝向階梯的方向邁開步伐。

「——嗯。」

優花也跟了上去。

「這裡的風景太美了。」

「是啊。」

優花覺得自己的想法簡直太妙了。

用手指比成心形實在太害羞了，她無法說出口。

7

之後，又和他去了很多地方。

「太棒了！這裡得天獨厚，同時具備了這麼多觀光點。」

他在全家便利商店的停車場張開雙手。

他的右側是碼頭，左側是今治城。

「只要有其中一個點，就可以成為觀光景點，這裡的風景實在太奢侈了！」

優花已經瞭解他為什麼總是這麼興致勃勃。原因很簡單。

他只是為了激勵優花。

他本身並沒有那麼陽光，但還是努力成為太陽溫暖優花——

「良良，你真的這麼覺得嗎？」

「對啊！」

他臉上的表情顯示這一切都是他真實的想法。在他的眼中，今治的許多地方都很厲害。

「我並不覺得。」

優花在說謊。

其實她早就被感化了。

雖然今治狹小黯淡，簡直就像牢獄，但放眼全國，應該很少有像來島海峽大橋那樣的地方，今治城就在市中心這一點或許也很稀奇，而且玩樂的場所有限這一點，東京好像也差不多。所以……

不，這些理由都不重要。

只要他覺得這裡是個好地方，這裡就是好地方。

她對眼前的一切都充滿憐愛。

「這並不是唯一的正確答案。」

他坐在三島神社的石階上，嚴肅地談論這個問題。

「即使本地人覺得很無趣，但外地人會覺得『太棒了！』這並不代表本地人正確，觀光客有問題，兩者都是真實的感想，同一件事物在不同的人眼中會有不同的價值，這不是很正常嗎？」

優花坐在他身旁，注視著他的側臉，瞇眼覺得他「真有高中生的味道」。

「良良，你太認真了。」

優花看到自己的反駁讓他這麼激動，暗自竊喜，忍不住調侃他。

「認真有什麼不好！」

他有點不悅地噘嘴的動作，也讓優花心動。

「對不起，對不起，你說得對，也許真的像你說的那樣。」

「可不是嗎？」

盛夏的午後，神社內只有他們兩個人。

石階雖然在樹林的陰影處，但伸手一摸，發現石階很熱。下方的農田和柏油路面在烈日下閃著光。如雨的蟬聲模糊了距離感。

「……優花，」他停頓了一下，好像要從口袋深處拿出什麼東西，「妳來學校吧。」

「嗯。」

優花很乾脆地回答。

因為這個問題早就解決了。

他一臉驚訝地轉過頭。

「為什麼？」

「什麼為什麼？」

她噗哧一聲笑了起來。

因為他提出要求，所以她想去他也在的學校上課。除了這個原因以外，她的內心也在他拚命照射的陽光下發生了變化，就像春天會脫下大衣一樣自然。

「不告訴你！」

「為什麼？」

「啊哈哈。」

——我最近經常笑。

優花感到很歡樂。

已經多久沒有這樣的感覺了？

那種感覺，就像是春天來了，冰雪終於融化，整個人獲得了重生。

「良良，你要協助我。」

「沒問題，包在我身上。」

他也笑了起來。

兩個人都很開朗歡樂。

「還有，」

「嗯？」

「我想參加新聞社。」

優花想要加入他的社團。之前經常聽他說，當初他是因為『見聞錄』決定加入這個社團，只不過社團預算不足，所以社團報無法使用像學生會報那麼高級的紙張，但反而有可以隨興發揮的自由。

「因為聽起來好像很開心。」

他露出極其喜悅的表情說：

「是啊，真的很開心。」

「所以我也要參加。」

「好，那妳要先和成美和好！」

「瞭解！」

「很好！很好！」

他就像對待小動物一樣摸著她的頭。

優花愣了一下，但還是故作平靜，露出了笑容。

「了不起！」

他撫摸她的手掌很溫暖。

「這裡很適合聊天。」

他說。

「嗯，那些樹葉剛好形成一道屏障。」

夏日的天空好像發光的小石頭般在濃密的綠葉縫隙中閃亮、交錯。

這時，優花突然意識到。

啊，我現在好幸福。

雖然並沒有任何特別的安排，只是瑣碎的時間流逝，但優花在內心仔細打量這份感覺，然後慢慢地緊緊擁抱。

之後，在他充滿驚喜的安排下，優花和成美言歸於好，加入了新聞社，健吾也加入了他們，四個人去了市區內很多地方，做了很多開心的事。然後——

他就死了。

那是暑假即將結束的時候，他前往新聞社赴約的途中發生車禍，就這樣離開了人世。

以現實的速度肅穆舉行的守靈夜上，他的家人、鄰居和班上的同學就像彬彬有禮的烏鴉一樣聚集在一起為他送行。

健吾沉痛地陷入沉默，成美哭成了淚人兒。

優花一片茫然——覺得大家為了騙自己，才設計了這場鬧劇。

這麼多人一起騙我，而且還借了公民館。

——大家演得真像。

——還沒有結束嗎？

大家輪流上香，終於輪到她的時候，她覺得有點歹戲拖棚，忍不住有點焦躁。

但這也意味著謎底揭曉時機已經決定了。等一下走到他的棺材前，探頭看他的臉的時候，他一定會睜開眼睛嚇自己。他可能會像殭屍一樣「哇！」地大叫一聲坐起來。好討厭，這樣對心臟不好。她想著這些事，坐在燒香台前，看向他的臉。

之後就沒有記憶了。

8

當她醒來時，發現自己在車上。

她坐在昏暗的後車座，看到了熟悉的衛星導航系統，聞到了熟悉的人工樹脂味。——那是爸爸的車子。

車子的引擎沒有發動。這裡是公民館的停車場。自己一個人坐在車上——

「啊，早安。」

身旁傳來一個聲音，她嚇了一跳，轉頭看了過去。

一個陌生的中年男人坐在她旁邊。

「星月優花小姐，很高興認識妳。」

男人用高亢的聲音說道，咧著牙齒，露出像野獸般的笑容。

優花陷入了混亂，但在她表達內心的混亂之前，那個男人立刻說：

「我雖然看起來像人類，卻是如假包換的惡魔。」

他一口氣說完，把一雙黑色的手攤在優花面前。

「…………？」

惡魔？那雙黑手是怎麼回事？突然呈現在眼前的新資訊，讓她無法順利表達內心的感情，內心呈現某種靜止狀態。

男人的行動似乎只是在執行預先料想到她反應的行動指南。

優花在寂靜的車內注視著自稱是惡魔的男人。他的臉長得像狛犬，黑色的雙手是不同尋常的黑暗，但這些事並不重要。

「惡魔……嗯。」

他小聲嘀咕時的臉頰鬆弛得皺了起來，露出像舊布般的笑容。

「原來是這樣。」

優花心想。

「這果然是夢。」

夢境的後半部分通常有點支離破碎。眼前的情況完全符合，車上有一個陌生的叔叔，說自己是惡魔——

「我就覺得很奇怪。」

眼睛深處一陣熾熱，淚水緩緩流了下來。

她笑著流淚。雖然是喜極而泣，但身體深處有一種撕裂般的痛楚，她心亂如麻，搞不清楚狀況。

「我瞭解。」

男人好像在思忖般，眼尾擠出了皺紋。

「很多人因為內心的痛苦，出現這樣的反應。」

他很有禮貌地說的這句話，除了表達自己經驗豐富，值得信賴以外，更貶低了優花的感受了無新意。

「因為對妳而言，無可取代的新海死了，讓妳感受到突如其來的悲傷，更對無論怎麼祈求，也無法改變眼前這種毫無慈悲的現實感到絕望。」

恭喜妳！

男人突然握住了優花的手。

優花立刻感受到以前從來不曾有過的嫌惡爬上皮膚——隨即感受到好像體內有一個大氣球爆炸般的衝擊。

「……………」

她覺得車內好像變亮了，她以為開了燈。

不是。

那是因為車內出現了一個巨大的白色物體。

優花看到了鏡子中的自己。

自己的背上——有一對白色的翅膀。

男人瞪大了一對牛眼，露出牙齒。

「妳有天使的靈魂，所以有權利和我們惡魔做『交易』。」

惡魔告訴她。

優花生下來就有天使的靈魂，在她死後可以變成天使。

對惡魔來說，天使的靈魂就像珍貴的寶石，加工之後供不應求。

但是，必須在對方發自內心接受的情況下簽訂契約，才能自在地加工天使的靈魂。契約的內容因人而異——

「我們向妳提出的交易，就是和我們『賭一把』。」

惡魔說。

「如果妳在賭局中獲勝，契約的力量就可以讓新海復活……正確地說，可以讓他免於死亡。

但如果妳輸了，妳的靈魂就屬於我，新海也無法復活。」

優花倒吸了一口氣。她已經毫不懷疑這件事的真實性。

因為她可以感受到自己的背上有一對翅膀，也可以活動翅膀，而且她希望可以相信他可以復活這件事。

「……怎樣的賭局？」

惡魔說：

「我會讓他在忘記妳的狀態下復活，我們來賭他三十天內，能不能想起妳。」

優花謹慎地咀嚼惡魔說的話。——這並非不可能的事，她反而覺得有可能做到。

「但是，妳不能告訴他任何事。」

惡魔挑起眉毛說：

「妳不能告訴他妳是誰，也絕對不能告訴他你們之間的關係，和過去發生的事，當然也禁止寫信告訴他。除了不能告訴他，也不能告訴朋友或是其他任何人。」

「…………」

「在這段期間，也會消除妳存在的痕跡，在妳的家人眼中，妳是陌生人，戶籍和相片也都會消失。」

也就是說，這些都是禁止事項。

所有的回憶都會消除，連聲音也會被奪走。

惡魔露出小型肉食獸般的笑容注視著優花，握著漆黑的雙手問：

「怎麼樣？妳願意和我們簽訂契約嗎？」

那天之後，我展開了賭上靈魂的日子。

第五章

膽小、怯懦又卑鄙

九月一日。第二學期開學的那一天成為起點。

1

「我叫星月優花，請大家多指教。」

我站在黑板前向大家自我介紹。

班上同學看著我的眼神並不是看著「入學之後，就一直拒學的女生」，而是看著「第二學期新轉來的學生」。

這是契約決定的『設定』。

大家都忘了我，我到目前為止，在今治出生、成長的十六年來的痕跡也全都消除得一乾二淨。

契約的力量使這個世界上之前不曾有過『星月優花』這個人。

他必須在這種狀態下想起我。

「請大家叫我優花。」

我開朗地向大家打招呼，連我自己都有點驚訝。

因為我一直拒學，今天是第一天踏進這所高中。

但是，我反而慶幸大家忘了我。一切重新開始，我可以展現全新的我。

沒錯。這是全新的我，那是良良用陽光照亮、全新的我。

大家的反應很不錯，接下來應該可以很順利。不錯，感覺很不錯。

我努力展現可愛，然後就像準備吃蛋糕上的草莓一樣，做好充分的準備後看向良良。

他就坐在那裡。

我的眼睛深處一陣發熱。

——他還活著。

我回想起在守靈夜時，看到躺在棺材中的他，所以可以清楚瞭解那個沒有靈魂的軀體和眼前活生生的良良之間的差異，實現了不可能的奇蹟的這份真實感像潮水般湧來。

——我會努力。

我要成為拯救良良的天使。

這時，我發現良良的樣子不對勁。

他看著我的表情很僵硬，好像在看什麼異常的東西。

良良的眼神並沒有直視我。

他的眼神不停地徘徊在我的右側或是左側，我順著他的視線看過去，忍不住大吃一驚。

翅膀。

他的眼神顯示他似乎可以看到我背上的翅膀。

——怎麼會這樣？

因為惡魔說，人類看不到我的翅膀，而且其他人也的確看不到。

放學後，我在走廊上叫住了他。

雖然我覺得現在不是好時機，但我實在忍不住。

「良良！」

他轉頭看到我，臉上露出的表情——讓我腦海中同時浮現好幾句話。

慘了。為什麼突然叫他的小名。趕快逃。

「……大家都這麼叫你吧？」

我慌忙掩飾道。

「……是啊。」

良良的表情仍然很緊張。

「……有什麼事嗎？」

他露出了對來歷不明的人物感到害怕的眼神。

他用這種眼神看我，我就像被冰柱刺進身體般疼痛不已，無法呼吸。

他以前不會用這種眼神看我，他的眼神總是那麼溫暖，那麼開朗，充滿了包容。

「……，……」

我幾乎脫口說出一切。

我是優花！

你在小學三年級時從東京搬來這裡，之後我們就一直玩在一起……！

雖然之後你又搬回了東京，但上高中時又回到這裡，帶著拒學的我四處遊玩，讓我重新振作起來！我們一起去了島波海道，去了瞭望台，在中途挨了罵，之後，又在全家前……

但是——和惡魔簽下的契約禁止我說這一切。

我不可以告訴任何人我真正的身世，一旦我破壞規定，靈魂就會被奪走，他也無法再重生。

「呃，那個……」我勉強擠出了笑容，「我在想，是不是可以和你聊一聊。」

良良臉上露出比剛才更害怕的眼神，眼神飄忽著，然後就像找到救星般雙眼發亮地叫了一聲：

「成美！」

他從我身旁走了過去。

美美站在我背後，目不轉睛地看著我。在我們眼神交會的瞬間，她立刻移開了視線。

「我們一起回家。」

「……她是誰？」

「轉學生。」

「……是喔。」

良良和美美一起走過我身旁。

「那個……那就明天見。」

「那個」聽起來像是要說我的名字，但還沒有記住我的名字。

美美沒有看我的眼睛，只是對我微微點了點頭。

他們兩個人一起離開了。

從他們之間的距離和散發的感覺中，我清楚瞭解到一個事實。

——原來他們在交往這件事並沒有改變。

望著他們遠去的背影，我噘起了嘴。

「我也不太清楚。」

惡魔說完，露出了巨大的牙齒。

我們站在學校後門外的圍牆旁。

我問惡魔，為什麼良良可以看到我的翅膀時，他這麼回答。

「而且，為什麼還留在我身上！？」

我指著自己的翅膀問。

「我之前曾經向妳說明，這是妳和我們惡魔接觸帶來的『反射』，這是為了讓妳相信我們的必要步驟。」

「我現在已經知道了，所以可以讓它消失了。」

「雖然有方法，但不能那麼做。」

「為什麼！？」

「因為消失的方法就是惡魔離開，請不要忘記，目前我們還是在契約期間。」

「……你是不是故意讓良良可以看到？」

「怎麼可能？我也很驚訝，太不可思議了。」

他露出的笑容看起來好像狗想要打噴嚏。

惡魔看到我在懷疑他，突然露出嚴肅的表情說：

「契約一旦生效，就具有絕對的力量。除非重新締結契約，否則我們也無能為力。」

雖然我懷疑他在締結契約時就動了手腳，但我無法證明。

如今只能硬著頭皮繼續下去。

太陽漸漸下山，我又面臨一個重大的問題。

我要怎麼過夜？

雖然我不需要睡覺，但還是希望有一個安靜的地方。

只是我身上沒錢，根本不可能找地方投宿，而且既然大家都忘了我，就意味著我無家可歸。

必須想辦法解決這個問題。我漫無目的地在街上徘徊。雖然在這裡生活了十六年，但從來沒有從這個角度觀察周圍，所以想不到可以過夜的地方。然後，我在不知不覺中……走到了家門口。

天色已經暗了下來，淡淡的日光燈照亮的店門口感覺格外溫暖。

熟悉的店內沒有人影。爸爸應該還沒下班，媽媽應該在後面。

「…………」

我在自動門即將產生感應後自動打開的位置停下腳步。

媽媽已經忘了我，即使見了面，只會把我當成陌生人，所以，即使去了也是徒勞。

但是……

搞不好——

我向前一步，自動門打開了。

店內響起通知有訪客的鈴聲。「來了。」隨著媽媽回應的聲音，傳來了腳步聲。我可以聽到心跳的聲音。

身材像酒桶的媽媽從狹小的出入口擠了出來。

一看到我，立刻露出親切的笑容。

「歡迎光臨。」

聽到這句話，我就絕望了。

光是看到媽媽的表情，已經足夠了。

「以前沒看過妳。」

媽媽穿著拖鞋，大步走了過來。

「但妳穿著一高的制服，咦？妳是最近搬來這裡的嗎？」

媽媽不停地找我攀談。

「話說回來，妳真可愛，一定有很多男生追妳？我也希望有一個像妳這樣的女兒。」

我——衝了出去。

「呃！」

背後傳來媽媽小聲嘀咕的聲音，我衝出打開的自動門，不顧一切地跑了起來。

我跑過美美家門口，繼續奔跑著……走了一會兒，終於停下了腳步。

我在用力喘息的途中，咬著嘴唇。

然後猛然抬起頭。

仰望著漸漸模糊的夜空，再度邁開了步伐。

我刻意走在無人的街道上，突然想到一個地方。

沿著農田旁的道路，走過兩隻狛犬之間。

三島神社。

來這裡的話，即使晚上也不會被別人看到，也許可以安靜地等到天亮。

聽著夏蟲的叫聲和摩擦地面的腳步聲，慢慢走上石階。

不小心絆了一下。

我立刻抓住欄杆，撐住了身體。

就在這個瞬間——體內某種透明的東西啪地一聲破碎了，裡面的東西一下子溢了出來。

「……有什麼事嗎？」

「以前沒看過妳。」

「…………，…………」

我淚流不止，哭了起來。

感受著滾燙的眼淚，讓我更感到悲哀，哭得更傷心了，有點喘不過氣，結果就越來越難過，眼睛周圍都有點鹹鹹的，我就像迷路的孩子，一步一步走上石階。

我就像被沖到陸地的魚一樣嗚咽著，坐在最上面的石階上。

之前曾經和他一起來過這裡。

那時候，我們並肩坐著，輕鬆地聊著天，說那些樹葉形成的屏障很不錯。然後……

「……很好！很好！」

我摸著自己的頭，閉上眼睛，回想著他當時的聲音和手掌的感覺。

「……了不起……」

我用帶著鼻音的聲音嘀咕。

「……很好，很好……了不起……」

我一次又一次說著。

2

「天使絕對只是幻想啦！」

我在教室內笑著說道，故意得意地啪沙啪沙拍動背上的翅膀。

然後不經意地看向良良，發現他露出很想要吐槽的表情。

既然我無論怎麼努力，他都刻意避開我，那就只能設法讓他主動來找我。我覺得這個主意太棒了。

「但因為我像天使一樣可愛，搞不好我真的是天使？因為我是優花啊！」

——趕快。

趕快主動來找我，否則就無法開始。

我為白白浪費的時間感到焦躁，只能絞盡腦汁，用各種方式吸引他。

直到第六天放學後，良良才終於吐槽我說：

「妳不是天使嗎？」

當我事後發現其實可以用傳紙條的方式，和他認真討論執行任務的事這一招時，忍不住覺得眼前發黑。

「我想回去天堂，但不知道回去的方法。我想了不少可以嘗試的方法，希望你可以協助我。」

執行任務這件事雖然是說謊，但又不是說謊。

這是為了讓良良想起我——為了讓良良復活的任務。

所以我決定重溫我們之間的回憶。

如果可以告訴他，我就是我，不知道該多輕鬆。既然無法這麼做，重溫回憶就是我唯一能做的事。

「只要是我力所能及的事。」

他毫不猶豫地回答。

我覺得——

「的確很像。」

良良就是這樣的男生，看到別人有難，無法袖手旁觀，所以之前才會拯救我。

所以，這次輪到我來救他。交給我吧。

「我在小學三年級到四年級期間，曾經在這裡住過一段時間。」

他騎腳踏車載著我，騎在島波海道上。

我注視著良良的後背，興致勃勃地告訴自己：「機會來了！」

雖然最近的記憶完全消除了，但以前的事是例外。據說是因為一旦消除所有的記憶，會對人格造成影響的關係。

也許他會想起我曾經在他的過去中出現——

「是怎樣的感覺？」

「像是回憶之類的。」

「當時，大家都很歡迎我，就像是『你從東京來？好厲害！』的感覺，也問了我很多問題。」

不錯，不錯，這樣的發展很不錯。

「還有人送我用今治毛巾做的生日蛋糕。」

「那是誰送你的？」

良良抬起頭，似乎在搜尋記憶。

……我緊張地等待他的回答。

「是成美。」

是我啦！！

我差一點叫出來。

我很想打他。

然後，我感到不寒而慄。

他已經從記憶深處徹底忘記了我，而且會自行尋找合理的解釋，讓事情合理化。

這是我第一次感受到這個任務多麼困難的瞬間。

但是，我不屈不撓，繼續試探他。

「《心之谷》中也有這一幕。」

我希望他回想起那一天的回憶。

「好美喔！好像有神明存在！」

良良，這是你當時說的話。

這是你送我的話。

正因為這樣，所以我覺得那片大海很美，宛如瑪瑙的顏色。

那些島嶼，那些房子，還有大橋、天空。

一切都美得令人心曠神怡。

「啊，真開心。」

趕快回想。

良良，趕快回想起來——

「妳不需要那樣追問。」

良良坐在計程車的後車座上說道，他似乎難以理解我的舉動。

其實，我有點沮喪。

因為這件令人印象如此深刻的事，良良竟然完全沒有反應。

我們去了有點像高速公路收費站的地方，和那天一樣，兩名職員衝出來時，我還暗自慶幸

「太好了！」職員要求我們在表格上填寫姓名和住址時，我暗自緊張地偷窺良良的表情。

但是，這份期待很快——就變成了失望。

「真的沒有其他人嗎？」

我沒有輕言放棄，也許和魔鬼的契約有某些疏失，所以沒有波及某些地方，也許我們當時填寫的表格留了下來。

但是，這個期待也徹底落了空。

「星月妹妹不是喜歡做一些別人沒做過的事嗎？」

我嘴上這麼說，但覺得內心少了一樣秘密武器。

之後，我們爬上了瞭望台，但和那天不同，天氣很陰沉，什麼都看不到。

白色的霧靄不停地飄過來，如果時間從容，或許會覺得這樣也很開心，但現在覺得出師不利，所以很不開心。

「聽說是一種魔咒。」

「鎖住愛情嗎？好搖滾的感覺。」

也許是因為這個原因。

所以我決定要做那天沒有做到的事。

「新海，你也來試試。」

我和他的指尖連在一起，變成一個心形。

我一直想這麼做。

但是……良良露出退縮的表情，似乎覺得「在莫名其妙的傢伙要求下，做了莫名其妙的事」，和原本對我的感覺相去甚遠……我非但無法感到高興，反而覺得很難過。

「只是好玩。」

雖然我很難過，但還是目不轉睛地盯著我們連在一起的手指，我突然想到。

「心不是也代表生命嗎？」

沒錯。我和良良的一半生命現在就像這樣連在一起。

我的指尖稍微用力。

我曾經偷偷溜進家裡。

家裡應該完全消除了我的痕跡，媽媽也真的忘了我，但我還是想要親眼確認一下。也許是因為我還抱著一線希望。

我的房間——變得空空蕩蕩。

房間內沒有任何傢俱，但並沒有變成儲藏室，有一種竟然對空白的場所出現在那裡沒有任何疑問的異樣感覺，所有屬於我的東西都消失不見了。

所以——那樣東西掉落在那裡。

我讀小學時撿到良良的名牌卻沒有歸還，那塊名牌就掉在房間的角落。

我在撿到後，把名牌帶回家裡，那天晚上，好像護身符一樣抱著睡覺。

我坐在神社的石階上低著頭，把左右兩側的翅膀伸到前面，覆蓋了身體和臉。於是我知道，用翅膀抱住自己，就會感到溫暖，感到安心。

情勢突然發生了變化。

「這件事和星月背上的翅膀有關嗎？」

「啊，我真是鬆了一口氣。」

美美和健吾也可以看到我的翅膀。

這件事一下子讓我們四個人團結在一起。雖然不知道這是友情的羈絆，還是惡魔動的手腳，反正結果很理想。

「我覺得也許是好主意。」

終於拉到了和當時相同的情境。

「既可以完成任務，又可以寫社團報的報導，簡直是一舉兩得。嗯。」

我們四個人一起去了今治的很多地方，製作了社團報。

用整個暑假製作的社團報上，寫滿了許許多多我們經歷的事。

還有時間。——沒問題。

惡魔從那天晚上開始來找我，我相信是因為他內心著急了。

我內心充滿了希望。

我們去了市民森林，說蓮花很詭異，然後我啪沙啪沙拍動翅膀，重現了讓鮮奶油麵包的袋子飛起來這一幕。

去毛巾工廠時，良良說的話讓我忍不住流下了眼淚。

良良教我用電腦改變字體，我們一起去了富士購物中心，雖然無法像暑假時那樣，但在每天必須上課的情況下，做了所有力所能及的事。但是……

日子一天一天過去，仍然沒有喚醒良良的記憶——

那天晚上，我在全家便利商店旁。

因為我不想去神社，想接觸一下熱鬧的人群。

「妳在這裡幹嘛？」

「喔，你好啊，你又來這裡幹嘛？」

他也出現在全家，一臉擔心地說要送我。

雖然我搞不懂他為什麼堅持不騎腳踏車載我，而是用走路的方式，但有機會和他聊天，我當然沒有異議。

「我們執行了很多任務。」

我帶著祈禱的心情，希望能夠喚醒他的記憶，回想了至今為止所發生的事。

「第一次騎車去了島波海道。」

「那次真的很猛。」

「感覺有神明存在。」

「的確好像有。」

趕快想起來。趕快想起來。

已經沒有時間了。

「新海，小心車子。」

我猛然抓住良良的衣服袖子。萬一被車子撞到——這件事在我內心變成了本能的恐懼。

「覺得之前好像也發生過相同的事。」

「妳是說似曾相識的感覺嗎？」

「嗯。……新海，你不會有這種感覺嗎？」

「……沒有啊。」

「是喔。」

失望的沉重感覺把我的心壓扁了，我變得空洞無比，好像會被風吹走。

至今為止，曾經一次又一次發生類似的狀況，承受的壓力越來越沉重，老實說……我已經精疲力盡。

我無力地垂著頭。

「……妳的任務非成功不可嗎？」

他用之前從來沒有聽過的語氣問我。

「妳非回天堂不可嗎？有這樣的規定嗎？」

他的聲音和看著我的眼神，明確表達了他不想離開我的心意。

他眼眸中強烈的光芒，讓我想起露營那天的晚上。

我突然意識到，他是不是喜歡我？

——應該不是這樣吧？

一旦期待，就會失望。那是從露營那天晚上汲取的教訓。

但是，我喜歡他。

「嗯。」

我重新振作沮喪的心。

「這個任務絕對要成功。」

說完，我看著前方，面對前方的夜晚。

……但是，到底該怎麼辦？

我做了所有力所能及的事。

我已經不知道該怎麼辦了。

不行不行不行。

不能退縮，要繼續加油。

還有時間。

3

「轉眼之間，就到了今天。」

惡魔的聲音震撼了深夜的空氣。

「星月小姐，妳真的很努力。」

——還沒有結束。

我在心裡反駁。反駁惡魔，也同時拚命這麼告訴自己。

「半夜十二點了。」惡魔宣布，「今天是最後一天。」

我全身都緊張起來。

我以翅膀為殼，想要捂住耳朵，想要捂住臉，但冰冷的現實像水一樣從縫隙侵入，擠滿了裡面，我終於忍不住探出頭。

惡魔惹人討厭地繞到我的面前。

他比平時更瞪大了眼睛，可以明顯感受到他內心的興奮。他曾經說過，天使的靈魂很珍貴，這就意味著他即將得到豐碩的成果。

「截止時間是今天午夜十二點。」

他露出恭敬的笑容說完後就消失了。

只剩下微弱燈光下形成參差不齊陰影的石階，和下方一片像沼澤般的夜晚。

「…………」

我把臉埋進雙膝，繃緊了嘴角。

至今為止的二十九天，我做了所有能夠做到的事。

但是……全都是徒勞。

——怎麼辦？

最後一天來臨了。

我緊緊握著名牌。

怎麼辦？怎麼辦？

4

放學了，我還是想不到任何方法。

「我覺得鹽味拉麵絕對不能少。」

美美毅然斷言。

我們正在新聞社的活動室內討論在伯方島舉行的露營計畫。

伯方島就是盛產伯方鹽的島嶼，那裡有一家使用了伯方鹽的鹽味拉麵名店。

我以前曾經吃過。暑假去露營時，大家一起去吃過。

「聽說很好吃。」

說這句話的美美其實也吃過。那家店有普通口味和濃稠口味兩種拉麵，她嚐了只有健吾點的濃稠口味，語氣堅定地說：『絕對是普通口味比較好吃，一定要寫下來。』

但是，她忘記了。

她忘了我們一起吃鹽味拉麵，也忘了參加小學夏令營，因為下雨導致營火晚會取消而一直耿耿於懷，那次露營終於一償夙願，更忘了那天晚上，和我之間發生的事。

「真期待下個星期。」

身穿球隊制服的健吾從操場上趕來，笑著對我們說。

照目前的情況下去，下個星期永遠不會到來。

因為到了下個星期，眼前這四個人中，有兩個人會從這個世界消失——

一看時間，已經下午四點了。

只剩下八個小時。

我只能對時間慢慢流逝感到焦急。

「我好期待營火！」

但是，我只能做和之前相同的事。

「如果下雨，我會哭出來。」

「啊，我們以前曾經遇過這種情況，良良，對不對？」

「對啊。」

我努力想要讓大家回想起他們已經遺忘，但其實我也曾經參與的過去。

「是喔！結果怎麼樣？營火晚會取消嗎？」

「對啊，對啊。」

健吾點著頭，美美說：

「但後來在兒童館舉行了蠟燭晚會，根本遜色多了，一點都不好玩。」

——的確是這樣。

「完全搞不懂是什麼意思。」

「大家都喝倒采。」

——那一次，男生和女生都很團結。

「如果是現在，我會覺得還不錯。」

——的確有道理。

他們三個人在回憶往事時，我面帶笑容，在內心加入了討論……

「當時還有沒有其他人？」

我拚命暗示，希望他們可以回想起我的缺席，內心祈禱著他們會中計，同時觀察著他們的反應。……但同時也覺得心灰意冷「這次一定又不行」。

最後，良良總結說：

「如果下個星期可以順利舉辦營火晚會，大家一定會興奮地說：『終於看到營火了！』」

「……是啊。」

的確就是這樣……！

我差一點脫口說出這句話，但還是用力咬緊牙齒，繃緊了鎖骨下方，用力把這句話擠進身體。到今天為止，已經不知道有多少次用這種方式把話吞回去。

「妳怎麼了？」

良良問我。

「……沒事啊。」

「妳今天有點不太對勁。」

我似乎露了餡。

「我剛才就發現了。」

「而且還看了好幾次手錶。」

美美和健吾也發現了。原來我的舉動這麼明顯。

「妳今天有什麼事嗎？」

「不是不是，真的沒事。」

「那今天就先討論到這裡。」

良良說。

「好喔。」

「喔。」

慘了——

「沒關係！真的沒關係！再討論一下！」

我拚命堅持，因為這可能是我們四個人最後一次討論了。

沒想到這種堅持完全發揮了相反的效果。

「我也要去社團練球了。」

健吾露出貼心的表情說。

「好啊。」

良良和美美也開始收拾東西準備回家。

「走囉。」

「明天見。」

「嗯。」

健吾把手伸向拉門，準備走出去。

「路上小心。」

沒有明天了。

照目前的情況發展，四個人的明天——不會到來！

健吾走出活動室。

大家都解散了。

我必須制止。

——但是。

即使制止大家解散，又能怎麼樣呢？

我忍不住這麼想。

即使繼續下去，也只能做和之前相同的事。無法說實話，只能重複之前的情境——這樣有辦法成功嗎？至今為止的三十天，試了一次又一次，全都徒勞無功。

健吾走出去後，關上了拉門。

我只能眼睜睜地看著這一切。

5

身體的感覺變得淡薄。

神經的傳導好像出了問題，身體的末端好像籠罩了一層霧靄。

我對自己到底還是不是自己這件事感到模糊，靈魂好像有一半已經離開了身體。

時限將近，也許我有一半已經死了。我走在街上時茫然地這麼想，甚至已經無法為這種事感到著急。

我走向神社。

淡淡地、自動地走向那裡，感覺自己已經變成了機器。

正因為帶著這樣的感覺，所以當那一幕進入視野的瞬間，身體不加思索地採取了行動。

我躲了起來。

良良騎腳踏車載著美美出現了。

他們準備去神社。

美美坐在他腳踏車的貨架上，雙手抱著他的身體，臉頰依偎在他的背上。

那是我所不知道的美美。

美美也有腳踏車，她為了讓良良載她，所以把腳踏車留在學校嗎？

他們經過我躲藏的地方，背影漸漸遠去。

他們應該會在神社的階梯上，在枝葉遮住的地方聊情話吧？

「…………」

為什麼遭遇這種事？

我做了什麼壞事嗎？

『我現在要去向良史告白。』

露營的那天晚上，美美突然這麼對我說。

不，並不是突然，我們彼此都隱約感覺到這一天可能會到來。

終於舉辦了小時候錯過的營火晚會，大家都很興奮，目不轉睛地注視著熊熊燃燒的火焰，有一種和平時不一樣的感覺，於是今天就成為「這一天」。

暑假的時候，良良讓我和美美言歸於好，我也加入了新聞社，然後立刻發現了一件事。

美美對良良的感覺。

雖然美美努力克制，只能察覺到一點點，但這樣就足夠了。

我輕忽了這一點點的感覺，一直告訴自己，怎麼可能？一定是我想太多了。所以選擇視而不見。

然而，即使我不願正視，隨著日子一天一天過去，事情還是朝向既定的方向發展……那天晚上終於迎面撲來，我完全無法閃躲。

『優花，妳有什麼打算？』

她竟然問我有什麼打算？

她其實只要問「妳不介意嗎？」就好。

美美就像堂堂正正向我提出決鬥的騎士。

我無法面對她的堅強。

『……沒什麼打算啊。』

我選擇了逃避。

『我要採取行動了。妳不介意嗎？……真的不介意嗎？』

我點了點頭，目送她離開。

我喜歡良良。

但我害怕遭到拒絕。

老實說，有時候我覺得良良可能也喜歡我。他對我這麼好，是不是因為喜歡我？而且他看我的炯炯目光，也讓我有這種感覺。

只是我沒有把握，如果和美美同時向他告白，但他並沒有選我……我無法忍受這樣的結果。

到頭來，我還是最愛自己。

雖然我個性消極，但自尊心很強，和以前相比，完全沒有任何改變。

而且——我暗自期待，如果良良喜歡我，即使美美向他告白，他應該也會拒絕。

我膽小、怯懦又卑鄙。

……喔，原來是這樣。

就是這個原因。

所以我才會遭到懲罰。

原來如此，原來如此……

——但是。

現在的我和那時候不太一樣了。

良良和美美在交往，所以即使我在和惡魔的賭局中贏了，我也無法和良良在一起。

即使這樣，我也覺得沒關係。

當失去良良的時候，我很自然地做出了這樣的決定。

即使這樣，我仍然不惜一賭。即使冒著會失去生命，即使冒著被惡魔奪走靈魂的危險，仍然希望良良可以復活。連我自己都很驚訝，自己內心竟然有這樣的部分。

眼中只有自己的我，竟然把他看得比自己更重要。

我——真的這麼想。

所以。

「……老天爺……」

我悔改了。

我現在是個好孩子。

我很努力。

所以——

所以，老天爺。

「……救救……良良……」

❖

「成美，我有重要的話要說。」

社團活動結束，良史對我說這句話時，我就有了不祥的預感。

不，不對。說得更正確……那是覺得「該來的還是躲不掉」的嘆息般的感情。

所以，我提出要他騎腳踏車載我去神社。

良史露出有點不安的眼神，但立刻下定決心說，好吧。

別擔心。不是基於讓你感到不安的理由。

那只是我一直想做，卻一直沒有做到的事。說起來，就像是結束的儀式。

坐在他腳踏車的貨架上，從後面抱住他。

看著他的學生制服，然後輕輕把臉頰貼在他的後背。

雖然覺得自己很莫名其妙，但我有預感，我一輩子都不會忘記腳下看到的這片不斷向後移動的柏油路。

走過兩隻狛犬之間，像往常一樣走上石階，坐在最上面的石階上。
我知道他接下來會說什麼，所以也清楚瞭解他的猶豫。
今天可能會不了了之——我並沒有這種想法。因為他向來意志堅強。
「我希望分手。」
我就知道。
我完全沒有感覺。連我自己都感到意外，甚至從容地覺得，這很像以前電視劇中的情節。
一方面是因為這樣的發展在我的意料之中，但也可能我現在變得麻木了。
如果我也可以像優花那樣說一些俏皮話，不知道該有多好。
——咦？
我之前好像也曾經有過這種想法。
強烈的既視感突然襲來。
怎麼回事？我陷入茫然。
蟬早就已經消失，溫熱的空氣靜止不動。
我注視著夏天留下的綠色枝葉屏障，回想起春天時的事——

我在入學典禮的當天，就決定了要參加哪一個社團。

課桌上放了一本宣紙小冊子。寫著『一高見聞錄』的小冊子是新聞社製作的學校簡介，內容生動有趣，我隔天造訪了新聞社的活動室。

我在那裡重逢了闊別五年的良史。

他長高了。這是我對他的第一印象。

這算是什麼感想？他這麼吐槽我，而且我覺得他應該對我也有相同的感覺，就忍不住感到很好笑。雖然我並沒有表現出這種想法。

放學後，我們去了好客家庭餐廳聊天。

我們談論著剛好在社團活動室遇見的巧合和『見聞錄』的內容，聊得很開心，然後我們聊了各自的近況。

我之前就聽說他回到了今治。雖然我覺得他沒有和我聯絡有點見外，但聽了他說明的情況後，也就接受了。他似乎因為和父母吵架，所以才回來這裡，他不太想提這件事，我也就沒有多問。

然後，輪到我說明近況。

健吾的事都是正面的話題，所以說明起來很順利。他即將成為棒球強隊的正式球員，女生都很喜歡他。良史也瞪大眼睛說：「那傢伙太厲害了。」

我目前的情況既不好也不壞，乏善可陳，但有一個很大的煩惱。不是別的事，就是優花的事。

之後，我們就一直在聊優花。

她從中學開始拒學，我和她大吵一架之後就沒有見面。雖然我已經不再生氣，但一直找不到和好的機會。

我發現聊優花的事聊了很久，而且後半部分幾乎變成在向他傾訴煩惱和抱怨。

「那還真痛苦。」

看到他很有耐心地聽我說完，我突然覺得他長大了。

「你去和優花談一談。」

我拜託他。對眼前的狀況來說，他回到今治這件事簡直是上天的恩惠。

「如果你去找優花，她也許願意和你聊一聊。」

但我沒有說出其中的原因。

「好。」他用力點了點頭，「交給我吧。」

他露出堅定的眼神，那種開朗源自他看到他人有難，就無法袖手旁觀的正義感。我想起他小時候也這樣，不禁充滿了懷念。

隔天之後，他每天都去優花家，卻始終見不到優花，然後只能回家。

因為我家就在隔壁，所以會在他離開時遇到他。

「今天還是不行。」

他苦笑著對我說，我問他：「要不要吃麵包？」

「好懷念妳家的鮮奶油麵包。真好吃。」

他吃得津津有味。

那天之後，他每天回家之前，都會來我家吃麵包，然後一起聊天。

「小時候不太瞭解，現在發現今治在很多地方都很厲害，像是在全家前，可以同時看到今治城和碼頭。觀光要素也太豐富了！」

我相信這是外地人才會發現。我在這裡土生土長，覺得這種事根本不足為奇，也不會多看一眼。良史接連告訴我他在這方面的新發現，總是令我大吃一驚，然後覺得他說的很有道理。

因為我們參加相同的社團，所以相處的時間很長。

春天過去，梅雨季節也結束，天空中出現了積雨雲。

良史幾乎每天都去優花家，他實在太厲害了，我不禁對他肅然起敬。

優花鬧夠了沒有——我越來越不耐煩，幾乎忍無可忍了。

他終於成功地讓優花敞開了心房。

「我和優花騎腳踏車一起去了來島海峽，真是太猛了，該怎麼說，風景太棒了，覺得有神明存在！」

平時他稱讚今治時，總會讓我感到高興，但這一次並沒有這樣的感覺，反而有點不高興。當時我還不知道其中的原因。

然後——發生了一件決定性的事。

『成美，妳可不可以馬上打開妳房間的窗戶？』

良史突然在電話中這麼對我說。

「為什麼？」

『妳先別問。』

我按照他的要求做了之後，發現優花房間的窗戶也敞開著，良史站在那裡。

我還來不及感到驚訝，他慢慢把手上的東西丟了過來。

我不加思索地伸手去接，發現是橡皮球上綁著白色紙杯。白色紙杯的底部用膠帶貼了白色的線。白色的線——連到了對面的房間。

紙杯電話。

我恍然大悟。

良史對我比著手勢，示意我放在耳邊。我把紙杯從橡皮球上拆下來，輕輕地……放在耳邊。

『美美……』

杯子中響起了好久沒有聽到的聲音。

『對不起，之前我說得太過分了……』

「不。」

『對不起，我不應該把鮮奶油麵包丟在地上。』

沒想到她連這些細節都記得這麼清楚。

「沒事了。」

這時，優花戰戰兢兢地……出現在對面的窗戶前。

她不知道什麼時候剪了短髮，身上的衣服也很有型，和以前我見到時完全不一樣，我忍不住笑了起來。

優花看到我的笑容，雙眼亮了起來，好像鬆了一口氣。

她身旁的良史露出了心滿意足的表情，對我豎起了大拇指。

我很高興。

不光是因為他讓我和優花言歸於好，小時候曾經有一段時間，我和優花很愛玩紙杯電話。沒想到他記住了我不知道什麼時候告訴他的這件往事，然後用這種方式讓我們和好，這件事深深打動了我。

我就在那一刻愛上了他。

一旦愛上他，就無法自拔了。

雖然我很久之前就知道優花的心意，但還是無法克制，所以為這件事痛苦不已。

不久之後，優花也加入了新聞社，再加上健吾，我們四個人在暑假期間，去了今治的很多地方。

在這段期間內，我始終無法處理有生以來第一次的戀愛，煩惱不已，痛苦不已。

所以，最後我決定做一個了斷。

『我現在要去向良史告白。』

在伯方島露營的那天晚上，我向優花宣布。

雖然我約了他，但在等待他出現時，我猜想他一定會拒絕我。因為根據我平時的觀察，他喜歡優花。

這樣也沒關係。戀愛不重要，我希望趕快擺脫這種痛苦——我內心這麼希望。

於是，我向良史告白。

他很驚訝，我立刻感覺到他流露出的感情。

——他會拒絕我。

我直覺地這麼認為。

果然不出所料，這下子我終於輕鬆了。至少可以擺脫眼前的狀態。這樣就好。

我原本以為是這樣。

「……我來這裡之前，和優花聊了一下，她回答說：『沒關係啊。』」

我脫口說了這句話。

「她說會聲援我。」

她並沒有這麼說。

他露出了受傷的眼神。

「…………是喔。」

他小聲嘀咕的嘴唇聚集了各種感情，漸漸變得僵硬。

於是，我和良史開始交往。

我很驚訝自己竟然會做出這麼醜陋的行為，忍不住感到絕望。

我覺得自己膽小、怯懦又卑鄙。

這樣的感情，原本就不可能順利——

…………………咦？

神社內樹木的沙沙聲傳入我的耳朵。

「…………」

我看向身旁。

前一刻向我提出分手的良史坐在那裡。

——怎麼回事？

我極度不安。

良史為什麼還活著？

在我意識到這件事時，腦袋突然變得沉重起來。

好像有一大塊東西突然出現，重重地掉落在原本空無一物的地方。

那一大塊東西是——

沒錯。

中元節結束的那天傍晚，良史約我去公園，然後向我提出分手。

兩天後——良史被車子撞死了。

他明明已經死了。

這是怎麼回事？

而且，而且——沒錯。

優花。

優花為什麼會變成那樣？

那一大塊東西是——

那是我莫名失去的許許多多記憶。

第六章

相信奇蹟

1

我漫無目的地走在暮色中。

我一心想著遠離神社，不知不覺中，來到了車站附近。

接下來該怎麼辦？我用沉重的腦袋思考著這個問題。

「星月小姐，星月小姐……！」

不知道哪裡傳來高亢的聲音。

「這裡！我在這裡！」

我轉頭一看，惡魔在高架橋的陰影下向我揮手。

當我和他眼神交會時，他立刻匆促地向我招呼。街上的行人不時看著他，但他可能早就有了準備，手上竟然戴著白色手套。

「有一件重要的事要通知妳！」

惡魔擠出我之前從來沒有見過的燦爛笑容說：

「契約可以變更了！」

「……變更？」

「可以讓新海復活了。」

惡魔說：

「只要妳現在放棄這場賭局，就可以讓新海一個人復活。」

惡魔說的話慢慢滲入模糊的意識。

「……良良可以復活？」

「對，但要用妳的靈魂來交換，只要妳現在決定……」

他抬起一雙牛眼看著我。

「妳的心願就可以實現。」

「…………為什麼？」

惡魔聽到我這麼問，握著戴著白手套的手指說：

「不瞞妳說，我親眼目睹了妳這麼勇敢，深受感動，希望可以助妳一臂之力。眼看著妳一天比一天絕望，讓人於心不忍！照目前的情況，妳將會白白犧牲，卻無法得到任何收穫，我無論如何都希望可以幫妳……！所以我自作主張，持續和高層協調——」

他一臉誠懇的表情，然後突然睜大眼睛。

「高層剛才終於做出了裁決！」

——太可疑了。

我忍不住這麼想。

他為什麼突然提出這樣的條件？而且他親切的態度一看就知道有問題。

惡魔一改之前高高在上的態度，好像在「拚命推銷」。

一定發生了什麼狀況。我心裡清楚瞭解這一點。

但是………

「……良良真的可以復活嗎？」

我已經——精疲力竭。

我不可能在剩下的六個小時查明真相，然後採取行動。

我就像一直在看不到陸地的海上游泳，當疲憊不堪，快要溺水時，看到有人遞來一個救生圈。

「我向妳保證。」

既然這樣……我沒理由不抓住這個救生圈。

「……契約書呢？」

「目前正在火速辦理修訂的手續，如果不趕快，就來不及了——咳咳！」

他故意咳了一下，感覺就像是不好笑的諧星，看了都感到累。

到底什麼來不及？雖然我閃過這個念頭，但我決定不去深究。我點頭如搗蒜。

我發現惡魔眼睛一亮。他應該稍微掩飾一下。

「……可以再給我一點時間嗎？最後有點事要處理。」

「什麼事？」

惡魔神經質地問。

「我想看最後一眼……像是家裡的房子之類的。」

「原來是這樣，當然沒問題。只不過……」

他露出嚴肅的表情想要嚇唬我，但根本唬不了人。

「妳已經放棄了賭局，所以請不要再和認識的人接觸。」

我認為他的要求很合理，所以我再度點了點頭。

「等文件準備妥當，我就會來找妳。那就一會兒見。」

惡魔露齒一笑，消失在影子中。

電車從頭頂上經過。

我在轟隆的聲響中靜靜感到渾身無力，無法感受重力。

那是終於擺脫了長時間的壓力，和自己註定死亡的失落感，最重要的是……能夠救他一命的滿足感。

雖然不是一百分，但還不算差。——這就是我此刻的心情。

我內心充滿了為了他人，為了自己心愛的人奉獻生命這種極其美好的驕傲。

嗯，這樣應該沒問題。

2

美美打電話來，但我不理她。

然後，Line立刻響了。

『我想馬上和妳談一談。』

『看到訊息後，和我聯絡。』

她連續傳來兩次訊息。

雖然有點在意，但我還是想關掉手機。因為我不能再和她說話。這時，又跳出了新的訊息。

『我有話要告訴妳，等一下可以見面嗎？』

這次是良良傳來的訊息。

為什麼他們同時傳訊息給我？

……但有時候就是會有這種巧合，同時發生兩件相似的事。

我硬是克制住不知道他們想對我說什麼的好奇心，關掉了手機的電源。

然後把手機放進了口袋。

穿越車站，從另一側走了出來。

當我即將走到有好幾家飯店的大馬路時，聽到良良的聲音從身後傳來。

「星月！」

我愣在那裡，他騎著腳踏車出現在我身旁。

「妳有沒有看Line的訊息？」

「…………」

我不能再和他說話。

我默然不語地邁開了步伐。

他追了上來。

「怎麼回事？」

我露出迎合的笑容轉過頭說：

「不好意思，我在趕時間，改天再聊。」

我加快了腳步。

「等一下。」

他跳下腳踏車，推著腳踏車走在我身旁。

「我剛才和成美分手了。」

——？

「我們不再繼續交往下去。」

我一轉頭，和他四目相對。

我對他堅定的眼神感到困惑，忍不住脫口問道：

「……為什麼？」

良良猛然收起了堅定的眼神，顯得有點膽怯。他神經質地轉頭看了一眼旁邊經過的車輛，確認周圍沒有其他人。

然後，他再度看著我。我察覺到他的胸口因為呼吸鼓了起來。

「因為我喜歡妳。」

在黃昏的昏暗視野中，這句話帶著明確的輪廓傳遞給我。

我的腦筋一片空白，腦袋好像變成了真空狀態，但身體做出了明確的反應。

「我愛上了妳。」

良良。

他說愛上了我。

「所以，希望妳一直留在這裡，不要回天堂，一直……留在這裡。」

我可以感受到良良的真心誠意，好像帶著熾熱的溫度，讓我內心和體內的血液加速循環。我渾身發熱，幾乎被酥麻的幸福感淹沒。

良良語帶顫抖，不安地說：

「最近……我覺得妳好像快離開了。」

我——我猛然回過神。

他看到了我的反應，抓住我的手臂問：

「真的是這樣嗎？」

腳踏車倒在地上，發出咚嘎的聲音。

良良完全不在意，繼續注視著我，好像試圖拉住我。

他的睫毛很長，眼眸深處的熾烈光芒，明確傳達了他喜歡我這件事，完全沒有質疑的餘地。

他綻放光芒的熱情令我心馳神往。

我感受著他的熱情，逐漸變得透明。

「被你發現了嗎？」

我摸著頭，嘿嘿笑了起來。

「不瞞你說，我最近就要回天堂了。」

他鬆開了手指。

我對他露出極其困惑的表情說了謊：

「老實說，我對你沒有這種感情。」

——我很喜歡你。

「因為我們才認識沒多久，不是嗎？」

——我從小時候就一直喜歡你。

「所以，你突然向我告白，我也完全沒有感覺。」

——我興奮得整個人都陶醉了。

「但是，謝謝你。」

謝謝你。

我輕輕後退一步，他鬆了手，無力地垂了下來。

「你不可以因為喜歡我，就當跟蹤狂喔。」

他緊抿著雙唇，我看到了倒在他身旁的腳踏車，突然想起了他騎著腳踏車，載我去來島海峽大橋時看到的景色。宛如瑪瑙的大海。他的後背。開朗的聲音。還有好像永無止境的白色道路……

「多保重。」

我拚命克制，不讓自己的聲音帶有一絲感傷，像那時候一樣張開白色的翅膀。

「再見。」

我輕輕揮了揮手，把良良最後的身影深深烙在眼中，然後轉過身。

我邁開了步伐。

仰望天空。

夕陽的顏色漸漸被染上冰冷清澈夜晚的藍色。

不知道為什麼，每天重複的色彩變化，在此刻變得特別美。

我即使死了，也無法去那裡了。永永遠遠。

……但是，沒關係。

3

原來這樣啊。我暗自想道。

熟悉的房子變得格外鮮明，好像是一個陌生的地方。

但這裡就是我的家。自動門旁的小櫥窗內那個用毛巾做的雪兔已經放了好幾年。

每次看到那個雪兔，我就想起在良良的歡迎會上送他的毛巾蛋糕。

我就像在拍照一樣，逐一注視著店招牌和二樓的窗戶。

正當我想走去馬路對面打量整棟房子時——媽媽走進店裡的櫃檯。

媽媽嘴巴很大，身材像酒桶一樣。

以前我曾經擔心，以後也會像媽媽一樣……

當我發現腦袋裡回想這些事時都變成了過去式，忍不住苦笑起來。

我和媽媽眼神交會。

我注視著媽媽的身影，深深烙在腦海中，然後在注視的舉動即將產生意義之前移開了視線。

我逃也似地邁開了步伐。

「星月小姐，讓妳久等了！」

回頭一看——惡魔站在我家和美美家之間的窄巷內。

房子陰影的黑暗處，幾乎只看到他那雙瞪大的牛眼。

「我帶了契約書。」

「…………」

我收起臉上的表情，走去那裡。

「請讓我先簡單說明和之前契約的不同之處，因為這是規定。」

惡魔打開契約書，用熟練的語氣說：

「……這就是之前的契約內容，這次改為單純的交易，用妳的靈魂交換新海的生命。——以上的內容，妳瞭解了嗎？」

我點了點頭。

「……太棒了！」

惡魔誇張地表示讚賞。

「一命換一命的案例並不少見，但靈魂永遠被困住的條件往往很難成立！」

也許是這樣，我一開始也因為是賭局，所以才會同意他的提議。我帶著一絲期待，以為自己或許可以贏。

「請簽名。」

惡魔諂諛地笑著遞上筆，整張臉都皺了起來。

我接過好像隨便截了一段鐵絲做成的筆，把筆尖湊近簽名欄。

筆在我手上用力搖晃。

怎麼會這樣？我明明很冷靜。

我以為自己心情很平靜。

噗嚕噗嚕噗嚕。我的手不停地顫抖。

「……呃……」

我的手好像不再屬於我。

「對不起。」

「沒關係，如果妳不介意，我可以協助妳。」

惡魔說完，握住了我的手。

黑色洞穴般的手指握住了我顫抖的手背。

我心生恐懼，覺得指尖滴下的血液變成了雪酪。

「來吧。」

我就像凍僵似地僵在那裡，惡魔壓著的筆尖碰到了契約書——

「不可以！！」

突然聽到有人大叫一聲。

回頭一看——美美在那裡。

她氣急敗壞地衝了過來，用力抓住我的手腕拿了起來。

「……美……美？」

「我想起來了。」

美美直視著我的雙眼。

「優花，我想起妳的事了。」

短短的一句話，已經道出了一切。

「我也聽到了你們剛才的對話。」

美美從我手上搶過筆，放在契約書上遞到惡魔面前。

「快滾！」

惡魔嘴角帶著冷笑，轉頭看著我。

「星月小姐——」

「快滾！！趕快給我滾！！」

我第一次聽到美美這樣大聲說話。

街上的行人好奇地看了過來，不知道發生了什麼事。

「……太遺憾了。」

惡魔的表情好像可以擠出汁般滲著痛苦，我覺得終於看到了他的真面目。完全就是醜惡而黑暗，披著人皮的惡魔。

「村上小姐——」

他瞪著美美。

「這是星月小姐個人的契約，即使妳喚醒了新海的記憶也無效，請妳不要輕舉妄動。」

惡魔很公事化地說完這句話就消失了。

我聽到了我家自動門打開的聲音。媽媽可能聽到了吵鬧聲，出來察看情況。

我們立刻走進窄巷更深處，躲在角落。

房子後方露出了向晚的藍色天空。

蟋蟀在叫。牠應該躲在碎石子路旁的雜草中。原來已經是蟋蟀出沒的季節了。

窄巷盡頭的那棟房子，就是以前經常為我和美美綁頭髮的漂亮姊姊家。她現在不時帶著孩子一起回娘家。

「美美——」

我正想要說下去，突然驚覺到，我不可以談論我自己。

「沒關係，妳不可以說吧？」

美美被染成了藍色的臉看起來很聰明。

她皺著眉頭，咬著嘴唇。

「……妳到底在幹嘛……？」

雖然她不知道為什麼生氣，但她就在我面前。那是從我們懂事之前就形影不離、原本的美美。

她真的……回想起我的事了。

我真切地感受到這一點，差一點叫起來。

這時，美美哭了起來。

「優花，妳太偉大了……」

昏暗中，我隱約看到她的淚水滑落。

「真的、太偉大了……」

美美百感交集地說，濕潤的雙眼好像在凝望遠方般看著我。

「妳一直獨自努力到今天……」

我的眼睛深處一陣發熱。

雖然我搞不清楚為什麼，但是當有人慰藉自己付出的努力，就會情不自禁落淚。

她緊緊抱住了我。

「優花，對不起。」

她在我耳邊細語的氣息溫暖而潮濕。

「也許妳剛才可以用自己的生命救良史一命，也許妳覺得我在多管閒事。」

她把臉埋在我的肩膀上。

「但是，我……不同意。」

她用力擠出最後一滴。

「因為我不希望妳死。」

那一滴——變成了淚水，滲進了我的脖頸，滴在我心裡，泛起漣漪。

「我有話要跟妳說，我要向妳道歉。不，這種事不重要，但是，我希望……我希望妳活下去。」

我顫抖著。

我可以感受到她熾熱的呼吸、她的呼吸，她的心，和她緊緊抱著我。

我可以感受到自己就在這裡，自己還活著。

我不想死。

一旦死了，就無法感受到這一切，和自己心愛的人在一起的這種喜悅也會跟著消失。

我要活下去。我想要大喊。但我已經養成了不談論真正自己的習慣，所以喉嚨卡住了。

……嗚啊啊啊。

我的喉嚨只發出像野獸般的呻吟。

美美更用力抱著我。

我也緊緊抱住她。

我們在以前曾經一起採蒲公英的狹小通道上相擁而泣。

「……別擔心，優花，妳不用擔心。」

美美說。

「我有根據。」

「根據？」

「我回想起妳的事。」

「……？」

「我覺得惡魔看起來很緊張，我相信他消除記憶的力量已經減弱了，所以才想和妳更改契約。」

……原來是這樣。

這麼一想，的確可以合理解釋惡魔的行為。

「這是妳努力至今的結果。」

是這樣嗎？

淚水湧上眼眶。

「所以妳不用擔心。」

美美拍了拍我長了翅膀的後背，然後鬆了手。

然後，她拿出手機，放在耳邊。

「……良史？」

她和良良說話時的表情有點不自在，帶著一絲痛苦。

「我跟你說，我希望你見一個人。……不是什麼奇怪的事，所以你可以放心。——謝謝，那你可以等在美保的燈塔那裡嗎？」

美美和良良約定之後，掛上了電話。

「優花，妳知道美保的燈塔吧？」

「以前看到高中生接吻的地方。」

「沒錯。」

我很納悶美美為什麼要約良良在那裡見面。

「今天是大橋點燈的日子，一定會很漂亮。所以……」

美美摸著馬尾，似乎在思考要怎麼表達。

「……不是正好嗎？」

我害羞起來。

「妳去見良史，讓他想起妳。」

「嗯，我會努力。」

我點了點頭，但仍然無法擺脫他是否真的會想起我的不安。

「我告訴妳一件事，」美美果然冰雪聰明，「我知道一件事，應該可以成為他想起妳的契機。」

她告訴我一個大秘密。

這件事讓我驚訝不已，同時也激發了我的勇氣。

「優花，快去吧。」

美美果然精明能幹，又心地善良。

「那我走了。」

謝謝。

結束之後，我請妳吃烤肉。

❖

「雖然只是有可能，但絕對在優花那裡。」

我和良史一起去登泉堂吃剉冰時，他曾經這麼告訴我。

那是沒有下雨的梅雨期，一個天氣特別悶熱的日子，優花還關在家裡不願出門。

「到底是有可能還是絕對？」

連我都覺得自己說話一點都不可愛。

「成美，妳覺得呢？」

良史雙眼發亮，顯然希望我表達肯定的意見。

我剛好在反省自己剛才說話不近人情，所以就說：

「也不是沒有可能。」

「對吧？」

他看起來很高興，臉上的表情看起來有點沒出息。他的表情足以證明他們相互喜歡。

「我一直在想，以後見到優花，一定要問她。」

當時我對他沒有感覺，所以也就只有「好啦，好啦」的感想。

「但要注意時機。」

「我知道。」

我當時滿腦子想著要什麼時候提出分食一口他正在吃的藍莓口味剉冰。

——我當時真的在想分食他的剉冰？

我想要露出百感交集的苦笑，吸了吸鼻子。

我咬著嘴唇克制著。我不想這個時候哭。

雖然沒有人看到，但我還是忍不住逞強。

回家吧。我正打算走向後門時——聽到外面的小巷內響起腳踏車的剎車聲。

「成美？」

是健吾。

雖然多此一舉，但他特地跳下腳踏車走過來。他穿著制服，可能剛練完球準備回家。

「妳在幹嘛？」

「沒有啊。」

幸好剛才沒哭。

「你現在才回家？」

「對。」

看他的樣子，顯然還沒有想起以前那些事。

「你剛才去麥當勞？」

「沒有啊，為什麼這麼問？」

「因為你回家的話，走這裡不是繞一個大圈子？」

健吾從學校回家時，不可能經過我家門口。

我只是說這麼理所當然的事，健吾突然心神不寧起來。

「那是、因為、我喜歡這條路……」

他還是這麼不會說謊。

「啊，我肚子餓了！有沒有剩下的麵包！？請我吃麵包，對了對了，我就是為這件事來這裡。」

雖然不知道他在掩飾什麼，但我覺得很好笑，所以忍不住笑了起來。

「我去問我媽。」

「是嗎？不好意思。」

「你在這裡可能會擋路，進來吧。」

「好。」

我打開門，請健吾進來。

——優花。

加油。

4

我騎著美美借給我的腳踏車來到碼頭。

入口的海濱公園停了一輛熟悉的銀色腳踏車。我把腳踏車停在旁邊，小跑著穿越公園。

走上狹窄的階梯，粗糙的石頭防波堤筆直向海面延伸，防波堤的盡頭建了一座小型燈塔。燈塔頂端的綠光好像生命之光般柔和，以一定的節奏閃爍著。

我聽著海浪打在防波堤上的嘩嘩聲走了過去。

左側的對岸有一排碼頭的戶外燈光，圓形的橘色燈光好像是指引我前進方向的標識。

燈塔旁有一盞螢光色的燈光好像在鞠躬般低下了頭。

良良——就站在那盞燈下。

他背對著夜晚的大海和點了燈的來島海峽大橋，站在那裡。

良良發現了我，把正在看的文庫本放進了褲子後方的口袋後走了過來。

他的動作有點生硬，似乎不知道該露出怎樣的表情。

我從他的反應知道，他的記憶並沒有恢復。

「成美說的那個人……」

「嗯，就是我。」

「這是怎麼回事？」

良良故作鎮定地露出笑容。

「因為有話要對你說。」

我邊說邊走向他。他移開了視線。

我們兩個人影一起出現在微弱的燈光照亮的地面。

我把手放進裙子口袋，確認了口袋裡的東西。

我看著良良，感覺心臟好像在胸口內側用力拍打。

如果這個方法不行，就無路可退了——

因為我明確感受到這樣的直覺。

「大橋真漂亮。」

「嗯。」

良良看向大橋的方向。

這裡可以看到跨越島嶼的來島海峽大橋全貌。

大橋就像是發光的珠子串起的項鍊懸在半空，在黑夜散發著寧靜。

「以前，曾經在這座燈塔，」良良用開朗的聲音說道，似乎想要化解眼前的尷尬，「看到高中生的情侶接吻。我記得那時候超緊張，而且當時覺得高中生已經是大哥哥、大姊姊，其實現在也和他們年紀相同，有一種不可思——」

「新海。」

我打斷了他。

然後下定決心。

我決定相信。相信美美告訴我的大秘密，相信至今為止的努力。相信奇蹟。

「……什麼事？」

遠處的貨船聲音沿著海面飄過來。

溫熱的空氣中不時帶著海水的味道。

血液在全身奔竄，有一種癢癢、刺刺的感覺。

然後。

大橋的燈光隨著空氣晃動，美得就像泉水沖洗著金沙。

「……妳要回天堂了嗎？」

良良露出悲傷的微笑問，我的心揪成一團——

「我喜歡。」

那是脫口而出的心聲。

和海水相同的液體從我的眼中滑落——我向他告白。

「我也喜歡你。」

我把那樣東西從口袋裡拿了出來，交還給他。

『四年一班　新海良史』

名牌。

那是良良在轉學前一天遺失，我一直藏在身邊的名牌。

良良看著手上的名牌，確認到底是什麼。

只是短暫的片刻。

我面帶微笑，帶著祈禱注視著他。

「優花，果然在妳這裡。」

他很自然地說出這句話，稍不留神，就可能錯過。我在腦袋理解之前，身體先有了反應。

這句話震撼了我，好像被海浪打到一樣。

他不是叫我「星月」——

「我之前就有點猜到了。」

他笑著說這句話時，突然露出了回過神的表情。

他露出困惑的眼神注視著我。

「優花。」

他叫這個名字時，好像在說外國人的名字。

「妳為什麼會有翅膀——？」

他抱住了我。

我把臉埋在他的胸口。

良良。

「羊羊……」

我連叫他的名字都變得口齒不清了。

「優花，到底是怎麼回事……？」

雖然他在發問，但我只能讓喜悅盡情爆炸。

這時，我發現背上突然變得輕盈。

我知道那對翅膀消失了。

這份輕盈讓我發現原來那對翅膀多麼沉重，忍不住為自己一直揹著這對翅膀落淚。

良良愣在那裡看著我，然後慢慢地、動作生硬地抱住了我。

他溫柔地撫摸著原本長了翅膀的地方。

尾聲

白色主塔高聳入雲。

遼闊的大海，和浮在海面上的島嶼。

「太美了！」

健吾騎著腳踏車興奮地叫了起來。

我們四個人來到來島海峽大橋。

沒錯。這是新聞社採訪的本地名勝巡禮的最後一站。

「太震撼了！成美，對不對！？」

「嗯。」

美美回答了健吾後，欣賞著眼前的景色。

這是我第三次來到這裡，已經沒有這種新鮮的驚喜了。

但是，良良和健吾騎在前面。

身旁有美美。

四個人像這樣一起騎腳踏車，就讓我忍不住熱淚盈眶。

良良最先回頭看我。

大家都發現我哭了，停了下來。

「優花？」

無論是叫我的良良，還是美美、健吾都似乎察覺了我流淚的原因。

因為從那次之後，我像這樣哭了好幾次。

「對不起，好像按到開關了。」

我擦著眼瞼，嘿嘿笑著。

「我有了高興的開關。」

大家的眼神都變得溫柔起來。時間隨著海風流逝。

「對不起，我們走吧。」

大家聽到我這麼說，再度踩著踏板騎車。

「真是太了不起了。」

健吾自言自語的話中包含了很多意思。

大家都沉默表示同意。

「成美，」

健吾叫著她。

「什麼事？」

「雖然我知道這種話不適合在這種時候說。」

「什麼嘛？」

「我很久以前就喜歡妳。」

美美突然剎車，身體搖晃了一下。

大家都轉過頭，慌忙停了下來。

然後所有人都跳下腳踏車，健吾又說了一次。成美按著額頭，似乎在說：「等一下。」良良吐槽健吾說：「為什麼選在這種時候？」我著急起來，覺得該做點什麼時，腳踏車彷彿有神助似地倒在地上。

大家都笑了起來。

深秋的天空比那一天更淡，更清澈，更柔和。

瑪瑙的大海像往日一樣平靜，平靜地閃著粼粼波光。

春日 ハルヒブンコ 文庫

76

你，還記得我嗎?

天使は奇跡を希う

你，還記得我嗎？/ 七月隆文作；王蘊潔譯. -- 初版.
-- 臺北市：春天出版國際, 2018.12
面；　公分. -- (春日文庫；76)
譯自：天使は奇跡を希う
ISBN 978-957-9609-99-9 (平裝)

861.57　　107019332

ISBN 978-957-9609-99-9
Printed in Taiwan

作　　者　七月隆文
譯　　者　王蘊潔
總 編 輯　莊宜勳
主　　編　鍾靈

出 版 者　春天出版國際文化有限公司
地　　址　台北市信義路四段458號3樓
電　　話　02-7718-0898
傳　　眞　02-7718-2388
E－mail　story@bookspring.com.tw
網　　址　http://www.bookspring.com.tw
部 落 格　http://blog.pixnet.net/bookspring
郵政帳號　19705538
戶　　名　春天出版國際文化有限公司
法律顧問　蕭顯忠律師事務所
出版日期　二〇一八年十二月初版

定　　價　290元

總 經 銷　楨德圖書事業有限公司
地　　址　新北市新店區寶興路45巷6弄6號5樓
電　　話　02-8919-3186
傳　　眞　02-8914-5524
香港總代理　一代匯集
地　　址　九龍旺角塘尾道64號 龍駒企業大廈10 B&D室
電　　話　852-2783-8102
傳　　眞　852-2396-0050